ボクが医者になるなんて

川渕圭一

幻冬舎文庫

ボクが医者になるなんて

目次

イントロ

その日は暗いうちから起きだし、始発の東北本線に乗って、栃木県北部の町へと向かった。駅前ロータリーに一台だけ止まっていたタクシーに乗り、行き先を告げると、ほどなく車は山道へ入っていった。あざやかな黄緑色の若葉が、私の目にまぶしく飛びこんできた。気がつけば、もう四月も終わりである。

八時前に工場に到着すると、ぐるっと周囲を見回した。右ななめ前方の白い建物に、シルバーとグリーンのツートンカラーの大型車が横付けされている――レントゲン車だ。

――やれやれ、今日も無事、目的地にたどり着けたようだ。

私はようやく、胸をなで下ろした。

レントゲン車まで歩いていくあいだ、ほのかに漂う化学薬品のにおいに、ふと懐かしさを覚えた。二十代のころ、ちょうどこんな工場で働いていたからだ。

「おはようございます。今日はよろしくお願いします」

担当者と挨拶《あいさつ》を交わすと、私は建物の中へ入っていった。

私は、脱サラをして三十代後半で免許を取った、四十四歳の医師である。研修医として計四年、総合病院に勤務したのち、三年前にフリーの医師として働きはじめた。現在は医療系の派遣会社に登録していて、主に健康診断の仕事をしている。会社から送られてくる業務指示書に従って、毎日さまざまな場所（学校、工場、オフィス等々）へ足を運び、そこではじめて会う人々を診察していく……。いうなれば、私は医師の資格を持つフリーターだ。

ときどき、病院勤めもせず、こんな気楽な仕事ばかりやっていていいのだろうかと、少々気がとがめ、また不安になることもある。そんなとき、私は自分に言い聞かせる。

――まあ、そんなに気張ることはない。健康診断だって、立派な医者の仕事じゃないか。

そして今日も私は、百数十名の受診者と言葉を交わし、彼らの胸に聴診器を当てつづける。

実際この仕事が、私は好きだ。診察カバンを右手にぶら下げ、町から町へと渡り歩き、毎日ちがう職場へ向かうといったスタイルが、どうやら性に合っているらしい。

たとえ診察時間が二分であっても、そこには人との出会いがある。時間に余裕があるときは、受診者と話しこむこともある。せっかく受診してくれた人々をがっかりさせたくないし、なるべくなら気持ちよく帰っていただきたい。

医師として、何か一つでも彼らに伝えることができれば、私はうれしい。もちろん私自身、新しい人々との日々の出会いを楽しんでいる。

たかが健康診断、されど健康診断である。


即席会場となった工場の会議室では、進行をとり仕切るリーダー、血圧を測定し採血をする看護師、心電図や眼底検査を担当する検査技師たちが、おのおの忙しそうに準備をしていた。そのなかに、リーダーの指示に従って働く一人の青年がいた。

会場のセッティングが完了すると、青年は視力計の前に座った。たぶん、今春採用された新人だろう。リーダーの指示にハキハキと明るい声で答えていたが、どちらかといえば寡黙《かもく》で、よけいなことはしゃべらなかった。

一つ一つ確認しながら、ていねいに仕事を進めていくその青年に、私は好感を持った。ただ、スマートな体つきのわりに、なんとなく動きが鈍いことが気になった。

その日の健康診断は、社員食堂での昼食をはさんで、午後四時まで続いた。

すべての従業員が受診を終え、会場の後片づけがすむと、青年が私を駅まで送ってくれることになった。

青年は礼儀正しく「どうぞ」と言って、私をワゴン車に乗せてくれた。しかし、ドアを開けて運転席に乗りこむまでの一連の動作は、やはりどこか、ぎくしゃくしていた。

駅までは車で二十分ほどである。そのあいだずっと黙っているのもなんだし、彼は口数こそ少ないが、話すのが嫌いなタイプには見えなかった。だから私は、彼に話しかけた。

「いつから、この仕事を始めたのですか？」

「ちょうど、ひと月前からです」

「じゃあ、まだ慣れなくて大変でしょう」

「ええ、大変ですけど、先輩が気さくな人ばかりで助かります。それに、毎日いろいろな人に会えるから、この仕事はけっこう楽しいですね」

そのとき、カーラジオからビリー・ジョエルの『素顔のままで』が流れてきた。男二人で聴くにはあまりふさわしい曲とは言えなかったが、その甘いメロディーに誘われるように、私の中に二十代の日々が、あざやかによみがえってきた。

「いいですねえ、この曲は。ちょうどあなたくらいの年のころ、よく聴いていたなあ。あっ、そんなこと言われても、こんな古い曲、知っているわけないよね」

「でも、どこかで聴いたことありますよ、このメロディー……。いい曲ですね」

私はしばしラジオに聴き入ったが、曲がアルト・サックスの間奏部に入るころ、彼が問いかけてきた。

「僕と同じ年のころ、先生はもう、医者になっていたんですよね」

「いいや。僕は三十歳になるまで、医者になろうとは思わなかったんだ。二十代のころは、自分でも何をやりたいのか、さっぱりわからなくてねえ……」

「えっ、ホントですか？　じゃあそのころは、いったい何をしていたんです？」

「大学を出たあとしばらくはね、パチプロをやっていたんだ。で、そのあと商社に就職して、一年後に外資系のメーカーに転職した……。でも、どれも中途半端で、ちゃんとやり通したとは言えないなあ。あのころは、やっぱり悩んでいたと思うよ。そのうち会社に行くのも嫌になって、ひきこもりになっちゃったし」

しばらく私の話を聞いていた青年が、ゆっくりと口を開いた。

「先生、じつは……僕は今、『うつ病』で薬を飲んでいるのです」

――ああ、そうだったのか。

医師でありながら、青年の動作やしゃべり方からそれを見抜けなかったことを、私は情けなく思った。と同時に、なんの配慮もせずに話しかけた自分の無神経さが、恥ずかしくなった。

彼は続けて言った。

「僕は去年大学を卒業して、コンピューターのソフト会社に勤めましたが、半年で仕事に疲れ、うつ病になってしまいました。でも、会社を辞めて家で休んでいても、自分だけ社会からとり残されていくようで不安でたまらなくて……。で、先月からここで働くようになったのです」

「大丈夫？　今はあまり無理しないほうがいいんじゃない？」

私がそう言うと、青年はかすかに笑って答えた。

「大丈夫ですよ。まだ薬は飲んでいますけど、無理はしませんから。この仕事は苦痛ではないし、家にこもっているよりは、ずっとマシです」

「そうですか」

「でも……ほんとうは心のどっかで、『いったいおれは、何をしたいんだ？』って、いつも思っているんです」

「わかるよ。僕も二十代のころずっと、君と同じことを考えていたから」

「先生、一つ質問してもいいですか？」

「どうぞ」

「二十代って……先生にとって、どんな時代でした？」

彼の口調はあくまでまじめだったが、声のトーンは決して暗くなかった。私は少し考えたが、ありのままの気持ちを答えた。

「うーん……正直いって、二度と戻りたいとは思わない。でも僕にとっては、通り抜けなければならない時代だったとも思うよ。だって、あの二十代がなかったら、今の自分はないものね」

青年はハンドルをかたく握りながら、黙ってうなずいた。彼の胸の内にどんな思いが渦巻いているのか、私は知る由もない。

——私はこの青年に、どんな言葉をかけたらよいのだろう。

そう考えているうちに、車は駅前に到着した。

「先生、今日はお疲れさまです。いろいろと、ありがとうございました」

「こちらこそ、ありがとう。話ができて楽しかったですよ。またどこかで会いましょう」

そして私は車を降り、駅へ向かって歩きはじめた。階段の前でもう一度ふり返ると、ワゴン車はまだロータリーに止まっていた。

私は車に向かって手を振った。

青年はハンドルを握ったまま会釈をし、車を発進させた。

帰りの電車で、私は複雑な思いに駆られた。

――結局あの青年に、私は何も言ってあげなかった。人生に悩んでいる彼に、アドバイスの一つもしなかったばかりか、「がんばって」とも、「気楽にやったら」とも、声をかけなかった。何かしら、彼に伝えられることがあったはずではないか？

しかしそのいっぽうで、私はこんなふうにも思うのだった。

――今あの青年に励ましの言葉をかけても、それはまやかしにしかならないだろう。救いの手をさしのべることなど、私にはできない。行く先も知れぬ曲がりくねった道を、彼は自分の足で歩いていくしかないのだ。一歩ずつ、しっかり踏みしめながら。

「毎日、いろいろな人に会うのが楽しい」と言った青年の未来を、私は信じたい。

たとえ道のりは遠くても、さまざまな人と出会い、触れあっていくなかで、彼はいつかきっと自分の生き方を見つけるだろう。人を救ってくれるのは、結局は人でしかないのだから。

私は心の中で、青年にエールを送った。

鈍行列車の緩慢《かんまん》な揺れは、疲れた体に心地よく、私はいつしか眠りに落ちていった。

――その晩、アパートに帰って夕食をすますと、私は古い勉強机に向かった。そして何年かぶりに、三つ目の引き出しを開けた。

1　アメリカン・パイ

古い勉強机の三つ目の引き出しに、私は一枚のレポート用紙をしまっている。

私は決して、物を捨てられないタイプの人間ではない。それどころか、大切な書類を紙くずの山に埋もれさせ、うっかり捨ててしまうこともしばしばだ。けれどもそのレポート用紙だけは特別で、二十年以上のあいだずっと、引き出しの奥の指定席で静かに眠っている。

何年かに一度、私は引き出しを開け、その紙切れを眠りから覚ます。

それは二つ折りになった理系用のA４判レポート用紙で、すっかり黄変し、すり切れてボロボロになっている。

――保存しておくべき重要な書類ではないし、Aプラスをもらった記念のレポートでもない。思わずにっこりするような楽しい思い出が詰まったものでもなければ、恋人から届いたラブレターでもない。

そんな、なんの価値もない、ただのうす汚れた紙切れを、私はいつまでも後生大事に保管している。

私の職業は医師である。そしてこのレポート用紙は、自分が将来医師になるとはつゆほども考えていなかった二十代はじめの数日間を、鮮明によみがえらせてくれる。

つまるところ私は、感傷にひたるのが大好きなセンチな男にすぎないし、いつまでも過去を振り払うことのできぬ情けないヤツと言われてもしかたがないだろう。

私だって再三再四、あの日々を記憶からぬぐい去ろうと試みたのだ。しかし……どうやらムダな抵抗だったようだ。今ではこのレポート用紙を、苦楽を共にした旧友のように感じることさえある。

二つ折りのレポート用紙を、ちぎれてしまわぬよう慎重に広げると、紙の上半分には、ペンで書かれた数行の化学反応式と計算式が、こぎれいに行儀よく並んでいる。そしてペン書きの文字は、【考察】と書かれたところで終わっている。

下半分には、それとはまったく対照的に、鉛筆書きの断片的なメモと、わけのわからぬグシャグシャの落書きが散らばっている。ひらがなだらけの、ミミズがのたくったような、かろうじて判読可能な汚い文字……。

よく見ると、その字を書く手が震えていたことがわかる。

――幾度も書きなぞったあとがある「みなと区、しば公園」

——四角い枠で何重にもかこった「ぞーじょー寺」

——そして「24人いじょう×××」

＊

一九八二年、二月の朝——こたつが唯一の暖房器具である下宿の六畳間は、すみからすみまで冷えきっていた。

実験のレポート書きで夜更かしした私は、その日、午前中の講義をパスし（いつものことだが）、昼から大学に出かけようと決めこんでいた。毎日午後に行われる実験だけは、面倒でもサボるわけにはいかなかったからだ。

そんなわけで、六畳間に電話のベルが鳴りひびいたとき、私は、こたつとほぼ一体化した万年床でぐっすり眠っていた。ズボラなくせして小心者の私は、黒電話のけたたましいベル音に驚き、瞬間的にパッとはね起きた。

——いったいぜんたい、なにごとだろう？

時計の針は、ぴったり七時を指していた。気ままな一人暮らしを送っている学生にとって、こんな朝早くに電話で起こされるのは、尋常なことではない。

私は受話器を取った。

「圭ちゃん……」

母だった。

そのころ、母はめったに電話をかけてこなかった。もちろん、私たち親子は仲が悪かったわけではない。母は、東京での自由な学生生活を謳歌《おうか》し、親などとはあまり話したがらない、そんな年ごろの私に遠慮していたのかもしれない。

「何？」

「昨日の夜、父さんと会った？」

母の声は、ほんの少しだけれども、いつもより低かった。何かよからぬ知らせが待ち受けていることを、私は直感した。

「ああ、ホテルでいっしょに食事したけど……どうかしたの？」

父は、郷里の大学病院に勤務する外科医だった。私は昨晩、学会で東京に出てきていた父に呼びだされ、父の宿泊するホテルで夕食を共にしたばかりであった。

「それ……なんていうホテルだった？」

ホテルの名を告げると、受話器の向こうで母が小さくため息をつくのが聞こえた。私はかたずをのんで、母の次の言葉を待った。

数秒の沈黙ののち、母は落ち着いた口調で言った。

「父さんの泊まっていたホテルが火事になったの。でも、父さんからも、だれからも、なんの連絡もないのよ」

「えっ！」

その後、母とどんな言葉を交わしたのか、憶《おぼ》えていない。ことのあまりの重大さに、私は呆然《ぼうぜん》としていたにちがいない。もっともだろう。

ただ一つはっきりと憶えているのは、母の言葉を聞いた次の瞬間に、私はすべてを了解していたということである。説明しようのないなにものかがやってきて、私にそのことを告げたのだ。

私は運命の大きな波が押し寄せてくるのを感じ、そして、その波のうねりに身をゆだねるしかないと観念した。

「何かのまちがいであってくれ」とも願わなかったし、「なんとか生きていてくれ」とも祈らなかった。

なぜならば、父はもう、この世にいないのだから。

とにかく連絡を待つしかないということで、母からの電話をいったん切った。

私は、ラジオのスイッチを入れた（当時、私はテレビを持っていなかった）。はたしてどの局も、緊迫した雰囲気のなか、臨時ニュースを伝えていた。

それは、ほかでもないこの自分自身が今まさに直面している現実——「ホテルニュージャパン火災」の惨事であった。

もはや、どこにも逃げることはできなかった。私はこたつの上の鉛筆をつかむと、震える手で書きかけのレポート用紙にメモをとった。

午前中いっぱい、私はなすすべもなく、うすら寒い六畳間をうろうろと歩きまわった。ラジオのスイッチのオン・オフを、むやみにくり返しながら……。

ラジオをつけるたびに、犠牲者の数は増えていった。

昼まで待ったが、結局、前橋の実家にも、私の下宿にも、なんの連絡も入ってこなかった。母がこちらへ向かい、姉は家で待機することになった。私は、犠牲者の遺体が安置されているという芝公園の増上寺で、母と落ち合うことになった。

午後二時過ぎに、私は下宿を出た。

うす曇りの冬の午後だった。もしかしたら晴れていたかもしれないが、いずれにしても私の目は、陽の光を感じていなかった。体はふわふわと宙に浮いているようで、歩いている感覚がまったくなかった。

駅に着いて切符を買おうとしたとき、ふと、朝から何も食べていないことに気がついた。食欲はなかったが、何か口に入れておかねばと思い、駅前の「マクドナルド」に入ることにした。

店は、子連れの若い母親たちや、学校帰りの高校生たちで、にぎわっていた。いつもとなんら変わることのない、午後のマクドナルドの風景だった。私はフィレオフィッシュとホットコーヒーを注文すると、窓ぎわの小さな席に腰かけた。

あちこちで、子供たちや高校生のグループがやかましく騒いでいたし、母親たちもペチャクチャと、世間話に熱中していた。けれども、私には彼らの顔が見えなかったし、話す言葉も聞こえなかった。見えるのは、ただぼんやりした人影だけで、聞こえるのは、うつろに響くざわめきだけだった。

これから自分がとらなくてはならない行動を想像すると、私はとてつもなく重く、暗い気持ちになった。

好物のはずのフィレオフィッシュは、なんの味もしなかった。ピクルス入りのタルタルソースは、ねっとりと喉《のど》にからみつき、パンはもぞもぞと、いつまでも口の中にとどまった。

私は、香りを失った泥水のようなコーヒーをぐいと飲み、団子になったフィレオフィッシュを無理やり胃袋に流しこんだ。そしてトレイを片づけ、駅のホームへ向かった。

つり革につかまり、電車に揺られながら目を閉じていると、ふと昨晩のことが思い出されてきた。すると、重苦しい気分は、いつのまにか、悲しい気持ちへと移り変わっていった。このときはじめて、涙があふれてきた。

父から電話があったのは、つい昨日のことだった。日曜の朝っぱらから電話で起こされ、私は不機嫌に受話器を取った。

「いま学会で東京に出てきているから、晩飯をいっしょにどうだ」

と、父は言った。

なんだかんだと理由をつけ、私は父の誘いをパスしようとした。日曜の夜に外出するのは、いかにも面倒くさかったし、デートならいざ知らず、晩飯を食べる相手が父とあっては、なおさら気が進まない。

しかし結局、父のしつこさに根負けし、私は父の宿泊するホテルまで出かけることになった。

「あーあ、かったるいよな」

そうつぶやきながら、私はむっくり起き上がり、部屋の中で唯一きちんと整理されているレコード棚へ向かった。

私は棚の中から、ドン・マクリーンの『アメリカン・パイ』を取り出すと、ほこり除けのスプレーをかけてから、レコードをプレーヤーのターンテーブルにのせた。この時期になると、なぜか無性に聴きたくなる曲だ。

曲は、ピアノをバックにしたスローな出だしから、やがてアップテンポへ移っていった。

「まっ、たまにはいいか」

軽快なロックのリズムに身をまかせながら、私はもう一度つぶやいた。

考えてみれば、今月はレコードを買いすぎてしまい、金がなかった。どケチの父に小遣いをせびるつもりはなかったが、今晩はひさびさに、納豆と野菜炒め以外の夕食にありつける。

それにしても、聞き覚えのないホテルの名前だった。

「『ニュージャパン』なんて、ホテルというより、パチンコ屋みたいだな」と、私は思った。

曲はふたたびスローテンポに戻り、いささか感傷的なエンディングへと向かっていった……。

ホテルのロビーで私を待ち受けていた父は、「よう」と軽く手を上げた。それは父のお決まりのポーズの一つで、お世辞にもかっこいいとは言えなかった。

父はルームキーの柄《え》を持ち、鎖の先に付いた鍵をぐるぐる回しながら、エレベーターへ向かった。鍵をチャラチャラ振り回すのも父の癖で、それはやはり、はたで見ていて気持ちのよいものではなかった。

どことなくエラソーで、そのくせ洗練されない父のしぐさが、私はときどき鼻に付いてしかたがないのであった。

エレベーターに乗るなり、父は言った。

「中華でも、食べるか」

何をするにも決断の速い父は、優柔不断の私とは正反対だった。子供のころ私は、そんな父に気後《きおく》れしてしまい、ずっと苦手に思っていたが、このごろは父のせっかちさを、むしろうっとうしく感じていた。

「ここは、あまりいいホテルじゃないんだ。昔は悪くなかったけど、オーナーが代わってからぜんぜんダメだね」

エレベーターの中で、父はそんなことを言った。

――よくないホテルなら、泊まらなければいいのに。

と私は思ったが、わざわざ口に出しては言わなかった。

いつも多忙でお偉い父のこと、どうせホテルの手配だって、他人にまかせっぱなしにちがいない。それはしかたがないことかもしれないが、私は父のそんなやり方が、どうしても好きになれなかった。

なるほど父の言うとおりで、ホテルはまったく繁盛していなかった。建物は大きいが、うす暗く、まるで活気がなく、ときたますれちがうのは東洋系の外国人ばかりだった。おまけに、中華料理店には二組しか客が入っていなかった。

私は、ご馳走《ちそう》だけ食べてとっとと帰ろう、ともくろみながら、テーブルについた。父はビールを飲み、蒸し鶏とキュウリとクラゲの前菜をつまみながら、いろいろ訊《き》いてきた。

私はそっけなく返事をし、あるいは少しばかりとげとげしい口調で答えた。

けれども父は、そんな私の反抗的な態度など、まったく意に介さなかった。それどころか父は、これまでにない穏やかな物腰で私に接してきた。父の眼差しは温かく、口調はやさしかった。耳にタコができるほど聞かされたお決まりのフレーズ、「生意気言うなよ！」も、今夜は一度も出てこない。

チンジャオロースと海老のチリソース煮を交互に皿に取りながら、私は首をひねった。まるで父らしくない父に面食らい、違和感を覚えていたからだ。

「こうすると、飲みやすいよ」

そう言って、父はスプーンでザラメをすくい、私の老酒《ラオチュー》のグラスに入れた。酒豪の父に似ず、アルコールに弱い私を気遣ってくれたのだ。思えば父と酒を飲むのは、はじめてのことだった。

酔いも手伝い、かたくなな気持ちはゆっくりとほぐれていき、私はいつのまにか父との会話を楽しんでいた。

私は自分の気の弱さについて、父に相談してみた。つい昨日も、フリスビー・ゴルフの大会で途中までいい線をいっていたのに、勝ちを意識したとたん、フリスビーはまっすぐ飛ばなくなり、結局大崩れしてしまったのだ。そのころの私は、人前に出るとすぐに緊張してしまう自分のひ弱さをなんとか克服しなくては、と焦っていた。

「わかるよ」

と、父は言った。

「でも、無理することはない。いいんだよ、あんたはそのままで」

意外だった。

ときに威圧的にさえ感じられる圧倒的な存在感と、人を落ち着かなくさせるせっかちさで、常に私にプレッシャーをかけつづけてきた父の口から、そんな言葉が出てこようとは。

山盛りの五目焼きそばをはさんで、父と私はさまざまな話題について語りあった。私は笑い、父も笑った。

この十年間の空白を一気に埋めるように、私たちの会話はいつまでも続いた。それは、はじめて父と語りあえた、記念すべき夜になるはずであった……。

それにしても昨晩の父は、今までとはまったくちがっていた。

――父は昨晩、何かを予感していたのだろうか？　父は、私に伝えておきたいことがあったのだろうか？

――まさか！　そんなはずはない。そんなこと、ありえない……。これは、運命のいたずらなのだ。


増上寺には、たくさんの報道陣が詰めかけていた。

殺気立つような喧騒《けんそう》のいっぽうで、寺院内には、言いようのない重苦しい空気が立ちこめていた。緊張のあまり、私は胸が張り裂けそうになった。

「遺族の者ですが……たぶん」

大きく息を吸ってから、私は警察官の一人にそう告げた。

「はっ、そうですか。では、こちらへどうぞ」

警察官はほとんど表情を変えずにそう言うと、やや大股《おおまた》で、けれどもゆっくり歩きはじめた。私は黙って、あとについていった。

ある建物の前に報道陣が群がっていた。入り口に向かって歩いていくと、彼らの目がいっせいに私たちに注がれた。両脇をしっかり警察官にガードされ、私は建物の中へ入っていった。

　待合室には、遺族と思われる人々が何組か駆けつけていた。

　泣きくずれる若い女性、肩を抱きあって悲しみに暮れる老夫婦、うつろな目で宙を見つめる中年男性……。私はなるべく、彼らに目を向けないようにした。

　母はすでに、待合室に到着していた。

「遅かったのね。心配したわよ」

「ごめん……。電車の乗り継ぎに、意外と時間がかかってさ」

　母は泣いていなかったし、とり乱してもいなかった。母がいつもと変わらずにいてくれるのは、とてもありがたいことだった。

　もう一つありがたく、そして心強かったのは、学会で父と共に東京に出向いていた同僚の医師たちが、駆けつけてくれたことである。

　彼らはすでに、父と思われる遺体の目星を付けていた。父の死についてはすでに覚悟ができていた私だが、そのことを聞き、正直、少しホッとした。「ああ、これでたくさんの遺体を見ずにすむ」と思ったからだ。

「圭一さんですね。では、お父さまのご遺体を確認しにいきましょう」

　父の同僚の一人が、沈痛な面持ちで言った。

私はうなずいた。

「奥さまも、ごいっしょに」

「いいえ、私はけっこうです。この子にまかせます」

母は迷いなく答えた。私も、それでいいと思った。

母は、血を見ることさえできない人だった。テレビを見ていても、怖いシーンや残酷なシーンになると、必ずさっと立ち上がり、部屋を出ていった。母にとって、父の変わり果てた姿を目《ま》の当たりにするのは、耐えがたいことにちがいない。それに母は、あえて自分の目で確認しなくても、事実を受け入れることができる人だった。

遺体安置場には、およそ三十の棺《ひつぎ》が、整然と並んでいた。

強烈なホルマリン臭と、タンパク質の焼け焦げたにおい、そしておそらくは三十の遺体の死臭が混じりあい、広い室内いっぱいに充満していた。

トレンチコートに身を包んだ一人の若い白人が、棺のあいだを歩きまわっていた。

男は長身を折りたたむようにして、遺体の顔にあたる部分に付いている扉を、次から次へと開けては、また閉めていった。ある棺の扉を開けたとき、男は思いきり顔をしかめてのけぞり、即座にバタンと扉を閉めた。

三十の棺の前には、それぞれの遺体について特徴が記されたボードが置かれていた。私はボードの記載を上から順に眺めていった。６番の遺体で、私の目は止まった。

――男性、黄色人種、六十歳前後、身長一メートル六十センチ、やや肥満、白髪……。

すべての身体的特徴が、父に合致していた。そして、備考欄に書かれた三つの文字が目に入ったとき、私は身震いした。

――損傷大。

「さあ、行きましょう」

やはり、６番の遺体に目星を付けていた父の同僚が、私を促した。

私はついに意を決し、六番目の棺へと向かった。


中央線の快速電車に揺られながら、私は何度もくり返し頭の中で、棺に入った父と生前の父の姿とを結びつけようと試みた。けれども、どうしてもうまくいかなかった。

なぜだろう？　別れてからたった二十四時間しかたっていないのに、父の顔をはっきりと思い出すことができないのだ。

それは、変わり果てた父の姿があまりに鮮烈に、私の脳裏に焼き付いてしまったせいかもしれないし、あるいはただ単に、私が精神的にも肉体的にも疲れきっているせいかもしれなかった。

もちろん、私はわかっていた。6番の遺体が父であるということを。しかし、それはあくまで「自分の中でわかっていること」にすぎなかった。今の自分は、客観的な目を持ち合わせてはいないのだ。それゆえ私は、「まちがいなく父である」と公言できぬまま、増上寺を後にしたのだった。

私は母の泊まるホテルで、やはりなんの味もしない夕食をとり、明日からの準備をするために、今晩は下宿に帰ることにした。

夜の中央線は、いつもどおり混みあっていた。

この時間帯になると、多くのサラリーマンは、顔を赤らめ、だらりとしまりのない格好でつり革にぶら下がっている。シートに腰かけている者は股《また》を広げ、口を開けっぱなしにして眠りこけている。遅い時間になればなるほど酔っ払いで電車が混むなんて、考えてみれば東京はおめでたい都市だな、と私は思った。

父の姿を思い出すことに疲れてしまったので、私は何かほかのことを考えようとした。しかしそれは、どだい無理な注文だった。

目をつぶるとまた、日中の増上寺での光景が、まぶたに浮かんできた。

――6番の遺体と対面したあと、私は混乱している頭を少しでも落ち着かせようと思い、外の空気を吸いに出た。五、六分そこらを歩いて頭を冷やし、すぐにまた遺体安置場に戻るつもりだった。

ジーンズのポケットに両手を突っこみ、うつむきかげんで歩いていると、突然パッと前方が明るくなった。私はまぶしさに、しばらく目を開けられなかった。

それは、照明やらビデオカメラやら、レコーダーやらを両手いっぱいに抱えた、十数人の報道陣だった。

「ご遺族のかたですか？」

「はい……そうです」

報道陣の一人が、マイクを向けてきた。

べつに取材を断る理由もないので、私は答えた。

「いま、どんなお気持ちですか？」

「……もちろん悲しいし、残念です」

私は静かに、そして（たぶん）無表情に答えた。感情を押し殺したのではない。ただ、放心状態だったのだ。

「このような人災とも言える事故を起こしたホテルの責任者に対し、ご遺族としてどのように思われますか？」

――いったい、私にどうしろというのだ。泣き叫べばいいのか？　それとも怒り狂えというのか？

「起きてしまったことは、しかたがないです」

私には、そんな答えしかできなかった。

報道陣はシーンと静まりかえり、しばらくその場で固まっていたが、やがて無言のまま退散していった。きっとビデオテープは、ボツになったことだろう。

一人の記者が、私に話しかけてきた。

「お父さまが亡くなられたというのに、気丈なかたですね」

「そんなことありません。もう、泣いてきましたから」

私は、ほんの少し笑って答えた。なぜこんなときに笑えるのか、自分でもわからなかった。私は、もう一度父の遺体を確認するために、遺体安置場へ戻っていった……。

下宿にたどり着いたときには、もう夜も更けていた。

冷えきった六畳間に明かりをともすと、こたつの上に書きかけのレポート用紙が散乱していた。私はジャンパーも脱がずに、倒れこむようにして寝床に入った。

よほど疲れていたのだろう。その晩はなかなか寝つけないだろうと覚悟していたのに、寝床に入るとほぼ同時に、私は意識を失っていた。

私はおおむねよく眠った。夜中の三時に夢にうなされて、飛び起きたとき以外は（もっとも現実のほうが、よっぽど悪夢だったが）。

翌朝——目が覚め、意識が戻ってきたその刹那《せつな》、私は胸をえぐられるような深い悲しみに襲われた。

悲しい出来事が起きてしまったとき、朝はもっともつらい時間であるということを、私はひしと思い知らされた。夢を見ているあいだ、しばし忘れていた現実が、目覚めと共に容赦なく、一気に押し寄せてくるからだ。そして、その悲しみを背負ったまま、また新しい一日に立ち向かわねばならないからだ。

私は無理やり鉛のように重い頭と体を起こし、身支度を整えた。そして、おそらく今夜から実家に帰ることになるため、着替えや日用必需品をバッグに詰めた。

昨晩、私たちが帰ったあと、ほかの遺族が、「もしかすると、6番の遺体かもしれない」と名乗りを上げたそうだ。そんな経緯もあり、6番の遺体はこの日、父の母校でもある東大医学部の法医学教室で、解剖されることになった。

私は今日一日、遺体の解剖に付き添うことになり（もちろん、実際に解剖が行われる現場に立ち会うわけではないが）、母は、通夜や葬儀の準備のため、ひと足先に前橋の実家に帰ることになった。

長い一日だった。

法医学教室のガランとした一室で、私は何もすることなく、ただひたすら待った。

父は、東大医学部の同輩や、学会に出席していた同僚たちに見守られながら解剖された。

それが父にとって幸せなことなのか、不幸せなことなのか、私にはよくわからなかった。

当時、なんの医学的知識も興味もなかった私にとって、遺体の解剖などというものは、想像を絶する世界であった。私はなるべく今この場で行われていることを考えないようにして、時を過ごした。

日中、私は何度となく外へ出て、大学の構内を歩いた。後期の試験を間近に控えているためか(考えてみれば、私もまた試験前だった)、構内は、今どきの若者のイメージとはかけ離れた、地味ないで立ちの学生でいっぱいだった。生協は、本を買い求める学生やコピー機に並ぶ学生でごったがえし、地下の喫茶室も、情報交換のために待ち合わせた学生で満席だった。

三十年前、父も歩いたであろう銀杏《いちょう》並木を、私は何度も行ったり来たりした。

父はこの道を、私みたいにぼんやりと、ただぶらぶら歩くことがあったのだろうか？

どうしても、そんな父を想像することはできなかった。私の頭に浮かぶのは、いつでもしっかり目的を持ち、脇目もふらずにせかせか歩く、そんな父の姿だった。

夕方になってようやく、6番の遺体が父であることが確認された。

決め手となったのは、私が証言した前夜の食事内容だった。火災に遭う数時間前に二人で食べたあの中華料理が、まだ消化しきらずに、父の胃袋に残っていたのである。

死因は、焼死ということだった。

おとといの夜、食事のあと、私は父の泊まる部屋まで行き、しばらく酔いを醒《さ》ましていた。ほろ酔いで、帰るのが面倒くさかった。もしも実験レポートの提出期限が迫っていなかったら、私はきっと、父と共にそこに泊まっていただろう。

父の遺体が見つかったのは、しかし、私が訪れたその九階の部屋ではなく、三階のテラスであった。実際、私が見た父の遺体には、大小さまざまな傷が付いていた。しかるに父の死因は、焼死であった。

その意味を考えると、私は胸が詰まった。

父は燃えさかる炎のなか、救助の手を待ち、部屋の窓枠に必死に、最後の瞬間まであきらめずに必死に、しがみついていたのだろう。そしてついに力尽き、火の玉となり真っ逆さまに落ちていくとき、父はすでに息絶えていたのである。

父の遺体の解剖と、それに伴う諸手続きがすべて終了したときには、もうすっかり夜になっていた。

解剖に立ち会った医師たちと私は、会議室に集まり、出前のなべ焼きうどんを食べた。お悔やみの言葉をかける以外は、誰も私に話しかけてこなかった。それは当然のことで、こんなときにしゃべれるほうがおかしいのだ。

なべ焼きうどんは、とてもうまかった。昨日以来はじめて味覚が戻り、食べ物を口にしているという実感があった。よほど腹が減っていたのかもしれないし、父のために集まってくれた僚友たちに囲まれて、ホッと安心したのかもしれない。

私たちは、ほとんど無言で食事をとった。会議室は深い悲しみに包まれていたけれども、私はそこに、ほのかなぬくもりを感じていた。それは、温かいなべ焼きうどんのおかげだけではなかったと思う。

食事が終わると、私は父の僚友たちにお礼を言い、法医学教室を後にした。そして、父の棺《ひつぎ》と共に霊柩車《れいきゅうしゃ》に乗りこみ、前橋の実家へと向かった。

それは、とても悲しいドライブだった。

霊柩車はぴったり時速九十キロで、夜の関越自動車道をひたすら走っていった。ドライバーは初老の紳士で、ときおり車線変更をする際も、必ず念入りに後方を確認した。私たちは終始、無言だった。

車が振動すると、棺はガタッと音をたてた。そのたびに私はびくっとして、棺を見やった。

もちろん、そんなささいな振動で、棺の蓋《ふた》が開き、父の遺体が飛び出したりしないことは、わかってはいたけれども。

いくすじもの冷たい光が、私と父の棺を照らしては、通りすぎていった。

車に揺られ、過ぎゆく光のすじを眺めているうちに、私の心は徐々に落ち着きを取り戻していった。そして同時に、私は自らが置かれている状況を自覚しはじめた。

——そう、自分は今、亡き父に寄り添っているのだ。

私は父が眠っている棺の上に、そっと手を置いた。もう棺が音をたてても、びくつくことはなかった。

父の亡骸《なきがら》が母の待つ家に帰ってきたのは、夜の十時を回ったころだった。けれども、わが家には煌々《こうこう》と明かりがともり、たくさんの弔問客が詰めかけていた。

つい昨日まで物置同然だったのに、今や見ちがえるほどすっきりと片づき、準備が整えられた日本間に、父の棺が運ばれた。

感傷にひたっている暇はなかった。

家に一歩足を踏み入れるなり、私は待ち構えていた家人に身ぐるみはがれ、準備してあった白いワイシャツとブラックスーツを着せられた。余ったズボンの裾《すそ》は折り返して、とりあえずピンで固定した。

そのときまで、私はスーツを着たことがなかった。そして、私が生まれてはじめて締めたのは、黒いネクタイだった。

二十年以上たった今でも、葬儀や法要があるたびに、私はこのブラックスーツを着用する。いつ着ても、ブラックスーツはしっくりと私の体になじみ、おそらくほかのどんな服よりも私に似合っている。


それに続く二日間、通夜と葬式の日のことは、克明には憶えていない。

それは、はるか昔に観た映画のように、ぼんやりしたセピア色のシーンとして、断片的に私の頭に思い浮かんでくる。

毎朝、ネクタイの結び方を、伯父や父の同僚に教えてもらったこと。

よく晴れていたが、赤城おろしの冷たいから っ風が、ビュービュー吹きつけていたこと。

慣れぬスーツに身を包み、母、姉と並び、何百回となく弔問客に挨拶《あいさつ》をくり返したこと。

夜、ひさしぶりに親戚一同が集まり、悲しみに暮れるなかにも、小さな安堵感《あんどかん》や、心を慰めてくれる笑いがあったこと。

長男である私が葬儀の終わりに述べる謝辞の内容を考え、その下書きを叔父にチェックしてもらったこと。

そして、葬儀のあいだずっと、大勢の参列者の前で謝辞を述べることばかりが気にかかり、悲しむどころか、緊張しっぱなしであったこと……。

なんとか無事に謝辞を述べ終えたところから、私の記憶はふたたび鮮明になってくる。

原稿を折りたたんでスーツの内ポケットにしまうと、全身の力がふっと抜け、思わずその場にへたりこみそうになった。広い斎場は暖房が効いているとはいえなかったが、気がつくと、私は汗びっしょりになっていた。

参列してくれた人々が次々と父の霊前で焼香し、そのたびに参列者も私たちも、深々と頭を下げた。長い焼香の列がようやく途切れたころには、もう午後の陽は傾きかけていた。

そして、父の棺《ひつぎ》は私たち遺族に付き添われ、火葬場へと移動していった。

いよいよ、父と最後の別れ——あまりに突然訪れてしまった最後の別れをするために、棺の蓋《ふた》が開かれた。

蓋が開くのは、増上寺での遺体確認のとき以来だった。そのときに至るまで、誰一人として蓋に触れようとはしなかった。そんなことは怖くて、あるいは畏《おそ》れ多くて、とてもできなかった。

親戚一同が、棺のまわりに集まった。

私は息をのんだ。

——父の顔は包帯で、ぐるぐるとすき間なく巻かれていた。

一同、無言だった。

これまでずっと涙を見せなかった母が、棺《ひつぎ》の傍《かたわ》らで、突然、ううっと泣きくずれた。私は顔を背《そむ》けた。

「バカねえ、こんなになっちゃって……」

皆、悲痛な面持ちで押し黙っていた。

しかし母はすぐに立ち上がり、ハンカチで涙をぬぐった。そして私に向かって言った。

「まちがいないわ、父さんよ」

たしかに、まちがいなく父だった。

不思議なことに、増上寺で見た生のままの死に顔よりも、それははるかに父らしく見えた。包帯で巻かれたことにより、かえって輪郭がはっきりとし、父の顔が浮き彫りになったのであろう。とくにその特徴的な鼻のラインは、紛れもなく父のものだった。

一人一人、花を手にして、棺の中に敷き詰めていった。やがて花は、父の顔を埋め尽くした。かろうじて鼻のてっぺんだけ、白い包帯が見えていた。

そして蓋《ふた》は閉じられ、父の棺は、ぼうぼうと燃えさかる炎の中に入っていった。

私は思わず、手を合わせた。

「また火の中に入っちゃうんだね」

幼い従弟が、ポツリと言った。

*

あれから、二十数年の歳月が流れた。

あの数日間の記憶は、とりとめない日々の営みのなかに埋もれ、今ではほとんど顔を見せることはなくなった。

父のことも、特別な感情を伴うことなく、ごく自然に思い出せる。すなわち私は、あの忌まわしい事故の記憶と結びつけることなく、生前の父の姿を思い浮かべることができる。

年月の積み重ねとは、つくづくありがたいものだ。

私はもう、6という数字に過敏に反応することはない。中華料理を前にして胸がいっぱいになることもないし、マクドナルドに立ち寄れば、フィレオフィッシュとホットコーヒーを注文する。そして二月になるとあいかわらず、ドン・マクリーンの『アメリカン・パイ』をレコード棚からひっぱり出す。

それでもなお、私はこのレポート用紙を大切に保管している。自分の過去をきれいさっぱり洗い流したいなどと、私は思わない。どだい、それは無理な注文なのだ。

ときどき、私は考える。もしもあの数日間がなかったら、いったいどんな二十代を過ごしていたのだろう、と。

私は、まったくちがう生き方を選択しただろうか？　それとも、今と同じような結果に落ち着いたのだろうか？

いくら考えたところで、その答えはわからない。人生とは不思議なものだ。

ただ一つ言えるのは、父の死から始まったあのどろどろした二十代も、やはり自分で選んで歩いた道にほかならないということだ。

その後、十数年の時を経て、私は父と同じ職業に就《つ》いた。人々は感慨深そうな顔をして、私に声をかけてくれる。「お父さまのご遺志を継がれたのですね」と。

けれども私には、父の遺志を継ぐことはできない。私は父ほどのエネルギーもバイタリティーもそなえていないし、上昇志向や野心も持っていない。医学博士の肩書きすら、欲しいと思ったことはない。

所詮《しょせん》、私は父とはちがう人間なのである。あいかわらず将来のことも考えず、「まあ、なんとかなるさ」とのんびり構えているし、そのくせ小心者で、大勢の人の前に出ると、緊張してまともに話せなくなる。

結局、持って生まれた性格というやつは、変えることはできないのだ。これからも、自分にできることをやっていくしかないだろう。

私はレポート用紙を折りたたむと、もとの位置へそっと戻した。

何年かに一度、私は机の引き出しを開け、古いレポート用紙を取り出す。そして物思いにふけりながら、つくづくとそれを眺める。

よくも悪くも二十代の紆余曲折《うよきょくせつ》のはじまりとなった、あの日々をよみがえらせてくれる、一枚のレポート用紙を。

2 ニュー・キッド・イン・タウン

新緑の季節はいつのまにか終わってしまい、ここ数日間はさわやかというより、じっとりと汗ばむような陽気が続いていた。もうすぐ梅雨だった。

おれは今日も大学をサボり、吉祥寺《きちじょうじ》の商店街をひとり、ぶらついている。大学へはそろそろ顔を出さねばならない時期だが、いっこうに足が向かない。毎朝、駅まではやってくるのだが、中央線の快速電車を待っているうちに気が変わり、くるりとホームに背を向け、また商店街へと戻ってしまうのだった。

――まあ、いいさ。実験は小休止だし、卒論の説明会があるまではズルけていても、どうってことないだろう。

おれは、ゴールデンウイークのあとずっとサボりつづけ、内心焦りはじめていた自分にそう言い聞かせると、真っ昼間のアーケードをあてもなく歩いていった。

この街へは、ひと月前に越してきたばかりだ。そしておれは、この街を気に入っていた。

それにしてもこのアーケードは、いつ歩いても、たくさんの人でにぎわっている。以前住んでいた街とは比べものにならぬほど、活気がある。

若い男女が、やたらと目に付くのだ。おれは東京出身ではないし、興味がないからよくわからないけど、たぶんこの街には大学や高校がいっぱいあるのだろう。

活気があるといっても、池袋や新宿みたいに、人とぶつかりあいながら歩くような雑踏ではない。渋谷のような派手さも、銀座みたいな華やかさも、この街にはない。よくいえば落ち着いているし、悪くいえばどこか垢抜《あかぬ》けなくて、ほんのりと田舎のにおいを残している。

地方の一都市出身のおれには、ちょうど居心地よく感じるサイズであり、また雰囲気の街だった。

つい最近オープンしたばかりのパルコの地下でホビーショップを物色したあと、おれはまた商店街をうろつきはじめた。あてもなく歩いているといっても、なんの目的もないわけじゃない。隠居した爺さんじゃあるまいし、ただぶらぶら散歩したところで、あっというまに飽きちまう。

午後になり、徐々に人通りが多くなってきた「サンロード」をきょろきょろしながら歩いていると、三十メートルほど先の交差点を、すらりとした若い女が横切っていくのが見えた。

ピーンときた。

三十メートルも離れていたのだから、ちゃんと顔が見えたわけじゃない。でも、まるでスポットライトに照らし出されたかのように、彼女の姿だけが明るく輝いていた。

おれはいきなり、通行人のあいだを縫って走りはじめた。そして彼女に近づくとブレーキをかけ、気づかれぬようにしばらく傍《かたわ》らを歩いた。

——思ったとおりの、いや、予想以上のいい女じゃないか！　よーし、なんとかしてものにしてやろう。

とめどなく脈拍数が上がっていき、キュッと締めつけられるように胸が痛む。

おれは彼女の横に並ぶと、彼女にだけはなんとか聞きとれるが、ほかの通行人には聞こえぬような微妙な大きさの声で話しかけた。

「あのー、今、お忙しいですか？」

彼女は、E.T.さながらのギロッと大きな目をして、こちらを振り向いた。いきなり話しかけられたら、それはびっくりするだろう。

「どこか探しているんですか？」

と、彼女は言った。どうやら、道を尋ねられたものと勘ちがいしたらしい。

——まあ、よくあることだ。でも、わざわざ自分から訊《き》いてくれるなんて、とても親切で感じのいい娘《こ》じゃないか。

「いえ、道を訊いているんじゃないです。もしよかったら、あなたとお話がしたいと思って……」

「話？　だって、今はじめて私に会ったんでしょう？」

「はじめてお会いしたから、こうやって話しかけているんです」

「いきなりそんなこと言われても……」

でも、彼女はまんざらでもなさそうだった。その証拠に、はじめはこわばっていた彼女の表情が、少しずつ和《やわ》らいできた。ついさっきまで戸惑いの色を隠せなかった大きな目は、今は興味深そうにおれを探っている。もしほんとうに嫌だったら、こんな顔は見せないはずさ。

――よーし、ここは押しの一手だ。

「ちょっとだけでいいんです。信じてもらえないかもしれないけど、あなたにインスピレーションのようなものを感じてしまって」

嘘《うそ》ではなかった。たしかにおれは、彼女に何か特別なものを感じていた。

「しょうがないわね。じゃあ、ちょっとだけよ」

彼女はちょっぴり笑って言った。

おれは「サンロード」のちょうど真ん中あたりにある「ルー・エ」という喫茶店へ、彼女を連れこんだ。おっと、「連れこんだ」なんて人聞きが悪いよな、言い直そう。おれは彼女と合意のうえ、二人で喫茶店に入っていった。

「ルー・エ」は、こんなときによく利用する喫茶店だった。

まず店内が広く、ゆったりとしている。けっこう繁盛しているのだが、テーブル間に適度なスペースがあるから、となりの客があまり気にならない。べつに悪いことをしているわけじゃないけど、おれは他人に話を聞かれるのは嫌なんだ。とくにこんなシチュエーションではね。

次に、よけいな装飾品がなくて、こざっぱりしている。喫茶店はコーヒーがそこそこうまくて女の子と話ができれば、それでいいのだ。

店員もまたしかりで、とてもサバサバしている。おれにとってありがたいのは、来るたびにちがう女性を連れていても、いちいち詮索《せんさく》されないことだ。もちろん、実際におれのことを詮索する喫茶店などありはしないが、詮索されているような気になってしまう喫茶店は、けっこうあるものだ。

彼女は千夏《ちなつ》といった。年は二つ下だが、去年短大を卒業し、すでに働いていた。

自分よりも若いのに社会に出て働いている女性に会うと、おれはいつも、なんだか申しわけないような気分になってしまう。大学受験で二浪したおれは、二十三にもなってまだのうのうと怠惰な学生生活を送っている。

「えらいね、もう働いてるんだ。あれっ、でも今日は金曜日じゃなかったっけ？」

「今日はね、気分がくさくさしてたから、有休とっちゃった。たまにはそんな日も必要なのよ」

千夏は下を向き、青いりんごのイラストが入ったコースターをいじりながら答えた。

「何それ？　ユウキュウって」

おれは、そんなことも知らなかった。

「正確には、有給休暇っていうの。年に十何日か、休んでもお給料がもらえる日があるのよ。でも、そんなの大嘘でね、有休なんて実際にはとれないのよ。だから私は今日、病気ってことになってるんだ」

千夏は顔を上げ、ニコッと笑った。かわいらしいけれど、どことなくおおらかな笑顔だ。

「実際にとれないんだったら、最初から有休なんてもの、作らなければいいのに」

「そのとおりよ。なんの役にも立たない決まりや規則ばっかり……。でも、今にあなたもわかるわ。会社や世の中なんて、そんなものなのよ」

おれにはちっともわからなかった。そんなこと、わかりたいとも思わなかった。

「それにしても、すごい大学に通っているのね。聞いてもわからないかもしれないけど、いったい何を勉強しているの？」

おれは言葉に詰まった。千夏がせっかく自分に興味を持ってくれたのに、「大学なんてつまらないね。ぜんぜん行ってないよ」とは答えられない。

「うん、工学部で勉強しているんだけど、会ったそうそうカタイ話をしたら嫌われちゃうから、まあそのうちゆっくり話すよ」

それこそ大嘘だった。今の自分はまったくやる気をなくしている。工学部での勉強に、情熱どころか、興味すら持てない。それなのにおれは、あいかわらず大学のご威光にすがって生きている。そう、ナンパをするときだって、通っている大学名を自分のセールスポイントにしているのだ。おれはつくづく情けない男だ。

——でも、まあいい。そんなに自分を責めることはない。今を楽しく生きようじゃないか。

「ところで、ご趣味は？」

おれはわざとおどけた口調で、千夏に質問した。

おれのオヤジは、三か月前に、ホテルの火災に巻きこまれて死んだ。

「お父さまを亡くされ、どんなにか悲しいでしょう」

皆、おれにやさしく声をかけてくれる。けれども当の本人は、さほど悲しがってはいない。いいや、決して強がりを言っているわけじゃない。むしろ、思うぞんぶん嘆きたい、どっぷりと悲しみにつかりたい、そんなふうにおれは思う。

あまりに突然われわれを襲ったあの忌まわしい事故は、おれたち家族にゆっくり悲しむいとますら、与えてはくれなかった。いまだに事故のショックのほうが、悲しみより大きいのかもしれない。

――あの晩、おれはオヤジの遺体を確認したあと、下宿に戻ってきた。

よっぽど疲れていたんだろう。おれは寝床に横になるなり、ジャンパーも脱がずに眠りこけてしまった。そして夜中の三時、前日オヤジが死んだのと同じ夜中の三時に、突然ハッと意識が戻り、飛び起きた。

――それは、あのにおいだった。

そう、増上寺の遺体安置場に充満していた、ホルマリン臭と、焼け焦げのにおいと、死臭が混じりあった、このうえなく陰鬱《いんうつ》で悲惨な、あのにおいのせいだった。

そのときになって、はじめて気がついた。あの強烈なにおいは、しっかりとジャンパーの生地にしみこんで、おれにひっついてここまで来ていたのだ。そして今や、においの分子は我が物顔をして六畳間いっぱいに暴れまわっている。

おれは即座に起き上がり、ジャンパーを脱ぎ捨ててビニール袋に入れ、部屋の外にほうり出した。けれどもそれ以来、においはおれの部屋に居着いてしまい、いっこうに出ていこうとしなかった。においは部屋のすみずみまで、畳の目一つ一つにまでしっかりと、浸透してしまったような気がした。

そしてついに、おれはにおいに耐えられなくなり、下宿から出ていくことを決めた。そしてひと月前、ここ吉祥寺に引っ越してきた。

今度の住み処《すみか》は築十五年のアパートだった。吉祥寺のアパートの家賃は総じて高かったが、おれの話を聞いて同情してくれた不動産屋のおじさんが、掘り出しものの物件を探してくれたのだ。

駅から歩いて二十分というのが唯一の難点だが、さすがは吉祥寺、駅から遠くてもコンビニや定食屋が立ち並び、ちっとも不便ではなかった。アパートは閑静な住宅街の一角にあり、申し分のない住環境である。おまけに二階の角部屋だから、日当たりも風通しも抜群だ。

もちろん、おれはこの部屋をとても気に入っていた。不動産屋のおじさんに、感謝感激雨あられだ。窓を開けると、通りをはさんでブランコのある小さな公園が見え、その向こうに銭湯の煙突が立っている。

銭湯が近いというのも、ありがたいことだった。おれは無精者だから、銭湯なんか好きじゃない。冬場だったら週に一、二回、夏でもせいぜい三回行けばいいほうだ。だからこそ、銭湯が近いのはほんとうに助かる。もし歩いて十分もかかったら、おれは何週間も銭湯に行かないだろう。

新しい住み処に落ち着いたのはいいけれど、おれは引っ越して以来、肝心の大学へはとんと行かなくなってしまった。もともと工学部での勉強は好きでなかったが、最近はますます興味を失っていた。けれどもそれは、おれに限ったことではない。多くの学生が、ほんとうに好きで勉強しているわけではないのだ。

大学三年の後半くらいから、しかたなくゼミに出席したり、卒論のために勉強や実験を始めたりして、なんとなく専門分野に興味を持つようになり、なんとなく卒業し、そしてなんとなく企業に就職していく……。

一部の優秀な学生を除き、むしろそれが日本の一般的な学生のスタイルだろう。言い訳かもしれぬが、ほかの学生たちと同じように、おれも「まあ、しょうがないから勉強を始めるか」と思った矢先に、あの事故が起きてしまったのだ。

それでもおれは、オヤジの葬式の三日後から始まった後期試験を乗りきった。いったい何がそうさせたのかわからないが、とにかくおれは、毎晩のように徹夜をして、驚異的ながんばりですべての試験をパスした（もちろん、良と可ばかりだったが）。

それで使い果たしたわけではなかろうが、それ以来、おれのやる気は、パタッと途絶えてしまった。二月の試験が終わってからというもの、一分たりとも机に向かっていない。

おれはここに引っ越してからずっと、何もやる気になれずに、毎日ただぷらぷらと吉祥寺の街をほっつき歩いている。好きなレコードも聴く気になれないし、代々木公園へ出かけて仲間たちとフリスビーを投げあう気にもなれない。

ただ一つ、「やっている」と言えることがあるとすれば……それはナンパだ。

すなわち、見知らぬ女性に声をかけ、うまくいけば喫茶店などでゆっくり話をし、そこでまたうまくいけば、その女性とのつきあいが始まるという、その一連の行為のことだ。

それにしても、どうしてこのごく自然な行為を、人は「ナンパ」などというやらしい言葉で呼ぶのだろう？　おれにはまったく理解できない。

自分でいい女を見つけ、自分で声をかけるのだ。それは、彼女を見つけるためにわざとらしい合コンをくり返したり、他人《ひと》頼みに女性を紹介してもらうより、ずっと男らしい行為である。たぶんこの言葉は、ナンパすらできない、野性味を失った情けない男たちの、やっかみから来ているのだろう。

かくいうおれも、ついこのあいだまでは恥ずかしくて、そんな行動はとれなかった。けれども、あのとんでもない事故を経験したおかげで、女性に声をかけるくらいどうってことはない、と思えるようになったのだ。

べつに破れかぶれってわけじゃない。おれは今まで世の中の常識に縛られ、あまりにも品行方正にやってきすぎたのさ。自分で言うのもなんだけど、「世間知らずのおぼっちゃん」てとこかな。

おれは男子高出身だし、今通っている工学部だって、めったに女の子はいない。黙っていたら、このまま女性と知りあうチャンスすら持てないまま、どんどん年をとっていってしまう。中年になってから悔やんでも、もう手遅れだよな。

とにかく、自分で行動を起こすしかないのさ。今のうちに気がついて、ほんとうによかったよ。

千夏と出会った三日後に、おれはついに大学まで出かけていった。

親切な友達が、卒論の説明会が行われることを電話で知らせてくれたのだ。説明会で各自が行きたい研究室の希望をとるから、この機会を逃すと自分の希望する研究室には行けなくなってしまうかもしれない、とのことだった。

とくに行きたい研究室があったわけではない。しかし、これ以上サボるとさすがにマズイことになると思い、おれはしぶしぶ大学へ向かった。まるで夏休み明けの小学生みたいな気分だった。

——あー、嫌だ、嫌だ。なんで東京ってとこは、どこもかしこもこんなに人だらけなんだ！

おれはまず、ひさしぶりに乗った朝のラッシュアワーの中央線に腹を立て、次に、新御茶ノ水駅で地下鉄に乗り換える際、あまりのエスカレーターの長さに腹を立て、あげくの果てに、根津《ねづ》駅から工学部キャンパスまでのだらだらした坂道にまで腹を立てた。アパートから大学にたどり着くまでの一時間と十五分、快適だと感じたときは一瞬たりともなかった。

しかし……悪いのは自分だった。何を思ったか、わざわざ大学から離れた街に引っ越してしまったのだから。

工学部五号館のうす汚れた講義室は、あいかわらずの居心地の悪さだった。おれはうしろのほうの席に、こそこそと腰かけた。

久方ぶりに姿を現したおれに、クラスメートの一人が心配そうに話しかけてきた。

「事故のあと、いろいろと大変なんだろう？　なかなか出てこられないみたいだね」

「うん、まあ……」

大変といえば大変だったが、少なくとも大学に出てくる時間はいくらでもあった。

「それにしてもひでえよな、あのホテルの責任者。ぜんぶ自分のせいなのに、他人事《ひとごと》みたいな顔しやがって」

クラスメートは、わが事のように、憤慨して言った。

「まあね……」

　彼の気持ちはありがたかったが、おれ自身はホテルの責任者に対し、ちっとも腹を立てていなかった。もしかしたらおれの怒り中枢は、少々いかれているのかもしれないが。

　たしかに、ホテルの責任者がしかるべき防災対策をとっていれば、あれほどの惨事には至らなかっただろう。しかし考えてみれば、世の中にはいいかげんなホテルなんてものは、たくさんあるにちがいない。それに、どんなに万全に防災対策が整っていたとしても、「百パーセント安全で、事故は起こり得ません」なんて、いったい誰が保証してくれるのだろう？　だからおれは、他人が何を言ってくれようが、オヤジが死んだのは運命だと思うようにしていた。人災なんかじゃない、運命なのだ。そう思わなければ、やっていられなかった。

　説明会が終わった帰り道、おれの足取りは、朝よりさらに重くなっていた。

　卒論を書くために世話になる研究室は、なんとか決まりそうだったが、教授の厳しく怖そうな顔を見ただけで、おれは萎縮《いしゅく》し、自信喪失してしまった。勉強する意欲もいっこうにわいてこなかった。

　——あーあ、これから先、おれはいったいどうなってしまうのだろう。へたすると卒論も書けないかもしれないし、そしたら卒業だってできないよな。

　アパートに帰ってからも、おれはひとり悶々《もんもん》としていた。どんなことでもいいから、気を紛らしたかった。でも、もう夜も遅いから、これから出かけるのもかったるい。おれは昼間のナンパのほうが好きなのだ。

——待てよ。ナンパといえば……そうだ！

ふいに、三日前のことが思い出された。そのとたん、さっきまでの重苦しい気分はどこへやら、目の前がパッと明るくなり、胸が高鳴りはじめた。

——おれとしたことが、すっかり忘れてた。この前出会った、あの娘に連絡しなくては。

もちろんおれは、喫茶店でぬかりなく、千夏と電話番号を交換していた。連絡先を訊《き》くと、千夏は少し迷いながらも、おれのさしだしたレポート用紙にしっかり住所と電話番号を書いてくれた。

「いいわ、あなたのこと信用する。でも、遅い時間にはかけないでね。お父さんがうるさいから」

そう、オヤジたちはいつだって障害だ。気持ちよく娘に電話をとり次いでくれるオヤジなんて、めったにいない。こっちが下手に出れば出るほどつけ上がり、どんどん態度がでかくなる。日頃たまったうっぷんを、ここぞとばかりに晴らしているみたいだ。ひどいオヤジになると、いきなりガチャンと電話を切ってしまう。

そりゃあ心配する気持ちもわからないではないが、娘に電話をかけてくる男が皆、悪者だと思っていやがる。まったく、世のオヤジさんたちは困ったもんだ。

十時前に、おれはドキドキしながらダイヤルを回した。

六回、七回と呼び出し音が鳴ったが、誰も出ない。経験からすると、これはあまりよろしくないケースである。たいていの母親は、呼び出し音が五回鳴る前に電話に出るからだ。

受話器を置こうとしたとき、電話がつながった。案の定、電話口に出てきたのはオヤジさんだった。おれは一瞬ヤバイと思い、電話を切ってしまおうかと思った。

しかし意外なことに、千夏の父親はとてもていねいで、感じのよい人だった。

「千夏ですか？　すみませんが、今、風呂に入っておりますので、あがったらこちらからかけるよう伝えておきます」

――こちらこそ、どうもすみませんでした。

十分後、電話がかかってきた。

「こんばんはー。さっきはごめんね、出られなくって」

受話器の向こうから聞こえてきた千夏の声は、拍子抜けするくらい明るく、伸びやかだった。まだ一度しか会っていないのに、ずっと前からの知り合いと話しているみたいだった。

「こんばんは。このあいだはどうも……ありがとうございました」

おれのほうが、少しかしこまってしまった。

「ふふふ……そろそろ電話が来るんじゃないかと思っていたとこよ」

たいそうな自信だなと思ったが、不思議なことに、嫌な感じはまったくしなかった。へんに気を遣われたり、出方をうかがわれたりするよりも、よっぽど気持ちがよかった。千夏のそんなストレートさが、おれにはとても新鮮に感じられたのだ。今までつきあった女性にはないおおらかさが、心地よかった。

おれはさっそく、次のデートの約束をした。


それから、千夏とのつきあいが始まった。

千夏とのデートは、水曜の夜と決まっていた。どうして水曜だったのかはわからないが、たぶん彼女の仕事の都合だったのだろう。おれには有り余るほど時間があったのだから。

千夏とおれは、いつも決まって六時半に、吉祥寺の「ロンロン」という駅ビルで待ち合わせた。

季節は夏に向かっていて、会うたびに少しずつ、千夏のスカートは短くなっていった。おれは二階のミュージックショップで、毎回わくわくしながら彼女を待った。千夏はとてもきれいな脚《あし》をしていたから……。

でも、いざ仕事帰りの千夏がさっそうと現れると、なんだか照れくさくなってしまい、彼女の姿をまじまじと眺めることはできなかった。

「さあ、今晩は何を食べにいこう」と、まずは二人で相談する。

千夏もおれも好き嫌いがないから、意見が食いちがうことはあまりない。たまにフランス料理やイタリア料理の店に行くこともあったが、おれたちはリッチじゃないから、たいていは安い定食屋に落ち着いた。それでもおしゃべりを楽しみながら千夏と食べる夕食は、とてもうまかった。

そうそう、忘れていた。千夏には一つだけ、苦手なものがあったっけ――味噌汁だ。日本人のくせに味噌汁が飲めないなんておかしいよな、とおれは思ったが、千夏の味噌汁嫌いはハンパではなく、ぷーんとそのにおいが漂ってくるだけで、「ううーっ」とうめいて顔をしかめた。

だから定食が運ばれてくると、まずは味噌汁を二杯飲み干すことが、おれの役目となった。

ときどき仕事帰りの千夏は、とても疲れた顔をしていた。それでも彼女は、いつも明るくふるまった。彼女の口から会社や仕事の愚痴《ぐち》を聞いたことは、一度もない。もしかしたら彼女は、学生のおれに仕事の話をしてもしょうがないと思っていたのかもしれない。

けれども、「アフターファイブになったら、仕事のことは忘れよう」という千夏の姿勢は、とても前向きなものに感じられた。気持ちの切り替えがへたなおれは、そんなあっけらかんとした千夏を見ているのが好きだったし、ときには彼女のこだわりのなさをうらやましくさえ思った。

三回目のデートで、おれは千夏をアパートへ誘った。梅雨のさなかで、その晩も雨がしとしと降りつづいていた。

おれの部屋は散らかり放題だったが、千夏はべつに気にしていないようだった。部屋に上がると、畳に散乱している新聞や紙くずのあいだをひょいひょいと歩いていったし、流しに山積みになっている鍋や皿には目もくれなかった。

そのほうが、かえって気楽だった。おれは、いきなり掃除を始める女は好きじゃない。そんなことをされたら、落ち着かなくってしょうがない。

「ごめん、片づけとけばよかったんだけど」

片づけるつもりなどないくせに、おれは言った。

「大丈夫よ、これくらい。兄貴の部屋を見てるから、免疫があるの」

音楽好きの千夏は、まずおれのレコードのコレクションを見て感心した。マニアというほどじゃあないが、これだけは自慢だから、興味を持ってもらえると内心とてもうれしい。おれはすかさず、自分で編集した「雨の日のテープ」をカセットデッキに入れた。

「いい曲ね」

ニール・セダカの『ラフター・イン・ザ・レイン』に耳を傾けながら、千夏は言った。

――そうでしょうとも。

次に千夏は、本棚に目を向けた。こちらはレコード棚とは比較にならないほど貧弱で、お恥ずかしいかぎりであった。三段目に工学系の教科書が十冊ほど並んでいる以外は、ほとんど物置状態になっていて、最上段にほんの申しわけ程度に、一般書が数冊立ててあるだけだった。

だから彼女の目はすぐに、ある一冊の本で止まった。それは、オヤジの追悼集《ついとうしゅう》だった。

オヤジが事故で死んだあと、同僚や知り合いの人たちがオヤジのために追悼文を書き、それを一冊の本にまとめてくれたのだ。おれにとって大変にありがたい、貴重な本ではあった。しかし、ほとんどの文章が事故の直後に書かれたため、それは通常の追悼集とはやや趣が異なり、ある面、ドキュメンタリーのような生々しさがあった。

「もしかして……あなたのお父さん？」

追悼集の背表紙を見つめながら、千夏はおれに訊いた。

「うん、そうだよ」

「読んでもいい？」

いた。

「どうぞ」

千夏は追悼集《ついとうしゅう》のページを開き、おれのベッド兼ソファーに腰かけ、しばらくじっと読んでいた。

突然、ワッと彼女は泣きだした。

「……なんで黙っていたの？」

「そのうち話すつもりだったけど、まだ三度目のデートだからね」

「あの事故から四か月しか、たっていないじゃないの。どうしてそんなに平気でいられるの？」

「平気じゃないさ。でもそんなこと話しても、楽しくないだろう？」

千夏はそれ以上、何も言わなかった。

音楽が途切れると、アパートの屋根や表の通りをぬらす、やわらかな雨音だけが聞こえてきた。おれは立ち上がり、イーグルスのバラード曲を集めたテープをデッキに入れた。振り返ると、千夏は涙をぬぐって顔を上げていた。

おれはそっと、彼女の目をのぞきこんだ。彼女はにっこり微笑んで、顔を近づけてきた。『ニュー・キッド・イン・タウン』の、どことなく寂しげなメロディーが流れだし、やがてそのジェントルなハーモニーが、二人を包みこんだ。

梅雨が明け、本格的な夏を迎えても、水曜の夜のデートは続いた。千夏は時として日曜の朝に、アパートを訪ねてくることもあった。そんなとき、彼女は道すがら、どっさりとパンを買いこんでくるのだった。

千夏は菓子パン、とくにパイ生地のものが大好物だった。甘いものに限らず、なんでもよく食べるわりに、彼女は不思議とスリムな体型を保っていた。きっと、食べても太らない体質なのだろう。こっちは千夏とつきあいはじめてから、ウエストが三センチは太くなっていた。

コーヒーをいれ、パンをたらふく食べ、それから午後も遅くなるまで、二人でゴロゴロしていた。それはそれで、楽しい時間であった。千夏はおれのベッドで、すやすやとよく眠った。日頃の会社勤めで疲れがたまっているのだろうな、とおれは思った。

休日にあまりデートをしないのには、それなりの理由があった。千夏は高校生のころからフルートを吹いていて、今でも休日になると仲間たちと集合し、演奏を続けていたのである。

開けっぴろげな千夏は、なんのためらいもなく、おれを仲間に紹介してくれた。もちろん、新しくできた自分の彼氏として。彼女はぜんぜん気にしないで、当たり前のように紹介してくれたけれど、おれはちょっぴり気がひけていた。

――音楽仲間とはいえ、このなかには千夏のことを好きな男だっているかもしれない、いや、きっといるにちがいない。それなのに、おめおめと「彼氏です」なんてしゃしゃり出て、いいものだろうか。

けれども千夏の仲間たちは、快くおれを迎え入れてくれた。少しのためらいも、意地悪な気持ちも、彼らに感じることはなかった。おれのことをそっくりそのまま、受け入れてくれたのだ。

こんな心地よさを感じたのは、はじめてのことだった。そしてまた、男も女も意識しすぎず、ごく自然に交じりあっている彼らの姿が、男子高出身のおれにはとても素敵に見えたし、また、じつにうらやましくもあった。

彼らはおれのことを「ブッチー」と呼んだ。自分たちのまわりにはいない、ちょっと毛色の変わった人間ということで、彼らもおれに興味を持ってくれたようだ。

いっしょにお茶を飲んだり、ときには酒を酌《く》み交わしたりして、幾度となく楽しい時間を過ごした。持って生まれた性質なのか、育った環境がよかったのか、あるいは音楽がそういう気持ちにさせるのかはわからないが、とにかく彼らは千夏同様、とてもおおらかで、ゆったりとした心を持っていた。

彼らは何も訊《き》かなかったけれど、たぶん千夏からおれの話は聞いていたのだろう。彼らがさりげなく気を遣い、温かく接してくれるのが、痛いほどよくわかった。

しかし彼らは、ただ単に気持ちがやさしくて、人がよいだけではなかった。彼らは決して順風満帆《じゅんぷうまんぱん》の人生を送ってはおらず、日々試行錯誤しながら生きているように見えた。

高校を卒業してすぐ四国の農園に働きにいった者もいたし、青年海外協力隊で何年も働いた者もいた。またある者は、ちり紙交換で生計をたてながら、プロのミュージシャンを目指していた。

自分のまわりにいる、いわばエリートたちの無難な生き方とは、それは明らかにちがっていた。けれどもおれは、彼らの目の中に、エリートたちにはない輝きを感じていた。それはまるで、子供の目の輝きのようだった。

年はほとんど変わらないが、さまざまな経験を積んできた彼らは、おれよりずっと大人であった。そのいっぽうで、彼らは皆、どこかしら子供っぽいところを持っていた。そして、もしかするとその子供の部分こそが、彼らの活力の源となっているのかもしれない。なんの根拠もないけれど、おれはときどき、そんな気がしてならなかった。

ひと夏じゅう、おれは千夏と一緒だった。千夏は夏休みを一日ずつとっては、おれと二人で過ごしてくれた。

二人は武蔵野の公営プールで泳ぎ、二本立て三百円の名画座をハシゴし、西日のあたるアパートを抜けだして喫茶店で涼んだ。一回のデートに千円もかからなかったけれど、二人は思うぞんぶん、夏を楽しんだ。

少しばかりぜいたくをしたといったら、夏の終わりに仲間たちと、軽井沢へ一泊旅行に出かけたことだろうか。

あのころはテニス全盛時代で、若者は誰でもテニスをしたがった。おれたちもその例にもれず、やれボルグだ、やれマッケンローだと騒ぎながら、テニスのまねごとをした。おれはジミー・コナーズを気取っていた。なにがなんでも球に追いつこうと髪を振り乱し、とことん走りまわるところだけは似ていたが、ずいぶんと不器用で不格好なコナーズだった。

おれは仲間たちと大いに遊び、大いに食べた。夜には慣れぬ酒に酔ってふらふらしながらも、無口の自分にはめずらしく議論の輪に入り、ぞんぶんに語りあい、そして笑った。

楽しかった。仲間たちに囲まれ、おれは一瞬、このまますべてを忘れることができるかもしれないとさえ思った。若者たちの夜の宴《うたげ》は、いつ果てるともなく続いた……。

だがしかし、その居心地のよさは、どこか自分に似つかわしくなかった。

夏が終わり、秋が忍び寄ると、おれの心は徐々に落ち着きをなくしていった。そしてあの悪い癖がまた、頭をもたげてきた。——おれは、千夏に会う前のように吉祥寺の街をふらつきはじめ、千夏がいるにもかかわらず、見ず知らずの女に声をかけるようになった。

どうしてなのか、自分でもよくわからなかった。千夏にはなんの不満もなかったのだから……。おれはあいかわらず、千夏のあけっぴろげな性格とおおらかな笑顔が大好きだったし、スラリと伸びた形のよい脚《あし》に欲情した。

もともと自分の中にある何かが、ふたたび目を覚ました——そんな気がした。そしてその何かが、「このままで、おまえはいいのか？」と、おれにささやきつづけた。「このまま千夏や仲間たちに甘え、安住してしまっていいのか」と。

おれはだんだん、千夏に電話をかけなくなっていった。けれども水曜の夜のデートだけは、そのまま続いていた。もしかしたら、千夏はおれの変化に気づいていたかもしれないが、とくに何を訊《き》いてくるでもなかった。

自分からかけないくせに、千夏から電話が来ないと、妙に心配になったりもした。ついこのあいだまでは、おれは千夏のことを疑ったりしなかった。きっと自分の心にやましいところがあるから、相手を疑う気持ちが芽生えてくるのだろう。

人間とは勝手なものだ。いや、勝手なのは自分だけかもしれなかった。

九月半ば、おれは大学院の試験を受けた。夏休みからずっと気になっていたのだが、結局、勉強を始めたのは試験一週間前だった。中学のころの期末テストよりもひどかった。

大学院に進学しようと思ったのは、突如として勉強や研究に対する意欲がわいてきたからではない。このまま就職するのは、大学院に行くよりもさらに気が進まなかったのである。二十三にもなって、おれは社会人になる心構えがぜんぜんできていなかった。典型的なモラトリアム人間というやつだろう。

おれは試験に受かった。

「なんだかんだ言って、やっぱり優秀だねえ」と、友人や知り合いは口々にほめてくれたが、じつのところ、おれはちっとも優秀ではなかった。

英語や数学でなんとか点をかせいだが、肝心の専門科目は、付き焼け刃の知識では歯が立たず、ほぼ全滅だった。おれが試験を受けた科（もっとも人気のない科の一つ）は、学内から二十人が試験を受け、落ちたのはたった二名であった。そしておれは、十八番目の合格者だった。

試験に合格した次の日、さっそく吉祥寺の街をぶらついた。

試験が終わった解放感と、これで就職活動をしなくてすむという安堵《あんど》感《かん》にひたりながら、おれは上機嫌に通りを歩いていった。軽いのは、しかし、足取りだけではなかった。

アーケードの角にある「ソニープラザ」で、おれはチェックのスカートをはいたちょっとかわいい女の子を見つけた。いささか食傷気味のスヌーピーやセサミストリートのキャラクター商品を眺めるふりをして、彼女がショッピングを終えるのを辛抱強《しんぼうづよ》く待った。ようやく店を出て階段を下りようとする彼女に、おれは声をかけた。

彼女はとても気のいい女の子で、喜んでおれにつきあってくれた。もう九月も終わるというのに真夏のように暑い日で、彼女はトロピカルドリンクを飲みたいと言った。こっちも調子に乗り、まだ日も暮れぬうちからビールを飲みはじめた。

グラスを重ねるごとに、彼女のテンションは上がっていった。おれはなんだか自分がナンパされているみたいな妙な気分になってきた。

店を出ると、彼女は自分の住んでいるマンションにおれを誘った。おれはのこのこと、彼女についていった。

彼女の住むワンルームは、とても不思議な空間だった。

部屋いっぱいに真っ赤なじゅうたんが敷き詰めてあり、小さなテレビと大きなパディントンベアのぬいぐるみ以外には、何も見当たらなかった。まるで生活感のない部屋だった。どこにでも腰を下ろせたので、おれはかえってどこに座ったらいいものやら、困ってしまった。

彼女は備え付けの冷蔵庫からコーラを出し、グラスに注いでくれた。そして二人は、壁を背にして、じゅうたんの上に座った。香水の甘ったるいにおいが、ぷーんと漂ってきた。

おれは彼女の手に触れてみた。すると彼女は、

「ふふっ、恥ずかしいじゃない」

と言って、しなだれかかってきた。ちっとも恥ずかしそうには見えなかったけれど。

そして当然のごとく、おれたちはキスをし、抱きあったまま、じゅうたんの上を転がっていった。その拍子に、コーラのグラスが倒れた。

「あっ、いけない」

と、彼女は叫んで立ち上がり、タオルを取りにユニットバスに走っていった。そして真っ赤なじゅうたんにこぼれたコーラを、ゴシゴシと必死にふきとりはじめた。その姿を見ているうちに、おれはなんだか興ざめしてしまい、だんだん冷静になってきた。

——あっ、いけねえ！

今度は自分の番だった。おれは突然、思い出したのだ。今日が水曜日であり、千夏と六時半に会う約束をしていたことを。

赤いじゅうたんの女の子に謝って、大急ぎでアパートに戻ったときには、もう七時を回っていた。

千夏はアパートの前で、おれを待っていた。

「遅かったのね」

気のせいかもしれないが、彼女の表情は、いつもよりかたかった。

「ごめん、ごめん。家庭教師のバイトがなかなか終わらなくってさ。まあ、どうぞ」

部屋のドアを開けながら、おれは走って帰る途中、頭の中で準備しておいたセリフを言った。

「水曜日に家庭教師なんて、やっていた？」

ふだん、なにごとにもこだわらない千夏がおれの言葉を疑うのは、めずらしいことだった。

「今日から新しく始めたんだ。初回だから、少しサービスしすぎてね」

おれは何食わぬ顔をして、これまた準備しておいたセリフを言った。

「ふーん……まあいいわ。それよりおめでとう。はい、合格祝い」

千夏は、リボンのかかった包みをさしだした。

「いや、うれしいな。どうもありがとう……。ん？　どうかした？」

おれは、千夏が小さく眉をひそめていることに気がついた。

「なんか……いいにおい」

「えっ？」

「いいにおいがするって言ってるのよ！」

言い訳する暇もなかった。顔を真っ赤にした千夏は、いきなりプレゼントの包みをほうり投げると、ドアをバタンと閉めて出ていった。

すべては後の祭りだった。おれはすっかり力が抜けてしまい、彼女を追いかけようともしなかった。涙をいっぱいにためて走り去っていった、かわいそうな千夏を。

十月に入ると、いよいよ卒論のための実験が始まり、週に四日は大学に通うようになった。はじめのうちは研究室へ足を向けることさえ嫌でたまらなかったが、慣れてくると実験の日々は、さほど苦痛ではなくなった。毎日、単純な作業のくり返しで、あまり頭を使わずにすんだからだ。ただし、なんのためにこのような地道な実験をくり返しているのか、おれは皆目わかっていなかった。いや、わかろうとしなかった。

一つだけ、どうしてもなじめなかったのは、研究室のメンバーたちの集団行動気質だった。朝は比較的遅いのだが、皆、夜の十時ころまで実験に没頭している。常時一人か二人は、交替で実験室に泊まりこむ。そんな毎日だから、当然夕食は家で食べない（妻子のある人も）。夕方六時になると、誰からともなく、「そろそろ、行きますか」と言いだす。そして研究室のメンバー十人近くがぞろぞろと、毎日決まって同じ定食屋へ向かうのである。誰一人、「おれはいいや。今日は、ほかの店に行く」などと、わがままを言ったりはしない。

さらに驚いたことに、八時過ぎになると今度は四、五人のメンバーがいっせいに、どこからかタオルと風呂桶を持ちだしてくる。そして、なんだかとてもうれしそうな顔をして、皆で仲よく銭湯へ出かけていくのである。

晩飯のつきあいはしかたがないとして、銭湯への集団通いだけは御免こうむりたかったので、おれは毎晩八時前になると、大急ぎで店じまいした。

千夏とはあの日以来、一度も会っていなかった。きちんとした謝りの電話も、かけていなかった。会いたくないわけではなかったが、なかなか勇気がわいてこなかったのだ。

千夏とのデートが途絶えたことを、おれは大学での実験が忙しくなったせいにしていた。しかし、それは言い訳だった。大学に行かない残りの三日間は、おれは吉祥寺の街をほっつき歩いていたのだから。

ときどき、おれは千夏のことを思い出した。今ごろはもうおれのことなど忘れてしまい、ほかの男とつきあいはじめただろうか？　それともまだおれの行動を許せず、悶々《もんもん》としているのだろうか？

そんなある晩、千夏の仲間から電話がかかってきた。おれは大学から帰ってきていて、レコードを何枚か取り出し、秋用の新作テープを編集していた。今さら聴いてもらえるかどうかわからないが、千夏にプレゼントするつもりだった。

「やあブッチー、元気？　今、吉祥寺で飲んでるから、よかったら来ない？」

「へえー、そうなんだ。みんないるの?」

「四人だよ。まだ千夏っちゃんは来てないけど」

おれは少し迷ったが、出かけることにした。ひさしぶりに仲間たちに会いたかったし、いずれにしても、千夏と二人で会う勇気はなかったからだ。仲直りのいいきっかけになるかもしれないなどと虫のよいことを考えながら、おれはアパートを出た。

地下一階のいつものパブで、おれたちは飲んだ。

ある者は子供っぽい笑顔ではしゃぎ、ある者は煙草をふかしながらジャズの蘊蓄《うんちく》を語った。そんな彼らの姿はいつもとちっとも変わらなかったけれど、なんとなくそらぞらしい空気があたりに漂っていた。そしてそれは、当然のことかもしれなかった。

だからおれたちは、やたらハイピッチでバーボンを飲んだ。おれもこのごろは、ずいぶんとアルコールに強くなっていた。誰も、あえて千夏のことに触れようとはしなかった。

千夏はとうとう最後まで、姿を現さなかった。千夏はおれの甘ったれた根性を、見透かしているのかもしれない——そんな気がしてならなかった。

ジム・ビームのボトルを二本あけたところで、飲み会はお開きになった。皆、かなり酔っぱらっていた。店を出てふらつく足で階段を上がっていると、仲間の一人が寄ってきて、おれの耳元でささやいた。

「千夏っちゃん、さみしがってるよ。電話してあげなよ、ブッチー」

ちょっと意外な気がした。飲み会に現れないのだから、千夏は怒っているか、さもなければおれに愛想を尽かしたにちがいないと、酔った頭の中でかってに決めつけていたからだ。

しかしその後も、おれは千夏に電話をかけようとしなかった。

すこぶる自己中心的で、偏屈な気持ちだった。仲間たちの気遣いを感じれば感じるほど、おれは意固地になって自分の世界へこもっていった。やさしくされればされるほど、まるで台風の目のように、自分の中心にポッカリと大きな穴が開いていくような気がしてならなかった。

――いいや、たぶんすべては言い訳だろう。おれはただ、自己の飽くなき欲求を満たすために、もっともらしい御託《ごたく》を並べ、自分を納得させているにすぎないのだ。

自分の世界にこもるには、卒論の実験はおあつらえ向きだった。

十一月になり、おれは以前にも増して単調な実験のくり返しに没頭した。そして休日には、吉祥寺の昼のアーケードをきょろきょろ物色し、夜のネオン街をふらふらさまよい歩いた。

秋が深まるにつれ、おれは多くの時間を研究室で過ごすようになっていった。

習慣とは恐ろしいものだ。研究室での集団生活に、おれはいつのまにか違和感を覚えなくなっていたのだ。はっきり言って、単純な実験のくり返しにはもう飽き飽きしていたが、それでも一日じゅううす暗い研究室に縛りつけられることを、とくに苦痛に感じることはなくなった。

おれはほかのメンバーとまったく同じように、朝の十時過ぎに研究室に現れ、のんびりと実験を開始し、昼食と午後の講義を一つはさんで、また、たらたらと実験を続けた。そして六時になると皆といっしょに定食屋に出かけ、帰ってきてからも九時ぴったりまで実験を続けた。あるいは、続けるふりをした。ただ、銭湯への誘いだけは、ずっと断りつづけた。

月に一度回ってくる卒論の中間報告の前夜は、レジュメ作りで研究室に泊まりさえした。

おれは寝袋にもぐりこみ、二十四時間連続稼働の大きな実験プラントのすき間に、ゴロンと転がった。そこしか横になれるスペースがなかったからだ。プラントのバルブが自動的に開閉し、そのたびに何かの気体が出たり入ったりする、カチッ……プシュー……という音が、際限なくくり返された。ときにはピーピーピー、と警報音まで鳴りひびいた。

何を作っている装置だか知らないが（おれは人様の研究にまで立ち入らない）、いつかその装置が爆発するんじゃないかと気が気ではなく、おちおち眠っていられなかった。

そしてある夜、ついに千夏から電話がかかってきた。

それは卒論の中間報告が終わった日で、前夜ほとんど徹夜だったおれは、ぐっすり眠っていた。

「もしもし、おひさしぶり。元気にしてるの？」

おれは寝ぼけていて、声の主が千夏であることを、すぐには判断できなかった。

「もしもし……はい、はい。ああ……おひさしぶりです」

「ふふ……起こしちゃったみたいね。ずいぶんとお忙しそうで」

それは決して、トゲのある言い方ではなかった。ひさしぶりに聞く千夏の声は、むしろ明るいトーンに感じられた。

「ああ、おかげさまで」

寝ぼけていたせいもあるが、それ以上言葉が出てこなかった。

「あのね……急で悪いけど、明日会えない？」

来るものが来た、という感じだった。少し間を置き、おれは答えた。

「ああ、いいよ。発表が終わったばかりだから」

「じゃあ六時半に、あの喫茶店で」

「あの喫茶店って？」

「最初に話をした喫茶店よ」

「ああ、あそこね。わかった」

そういえば、明日は水曜日だった。

六時半ぴったりに、「ルー・エ」にやってきた。ぐるりと店内を見回したが、千夏はまだ来ていないようだった。おれは奥のほうのテーブルに腰かけた。

千夏はたぶん別れを告げに来るのだろうな、とおれは思っていた。あの件のあと、たとえ千夏がおれを許す気になったとしても、二か月もほうっておかれたら、誰だって愛想が尽きてしまうだろう。

それにしても、おれはなんと卑怯《ひきょう》な男なのだろう。自分から二人のあいだに溝を作っておきながら、千夏に別れの言葉を言わせようとしているのだ。

――そもそもおれは、いったいどうしたいんだ？　それでも彼女とつきあいたいのか？　それとも、きっぱり彼女と別れる決心がついたのか？

そんなことすらわからずに、千夏に結論をゆだねようとしている自分を、おれは情けなく思った。

ふと気がつくと、千夏が目の前に立っていた。

「待たせちゃった？　なかなか仕事が終わらなくて」

そう言いながら、彼女はゆっくり椅子《いす》を引いた。

「こっちもさっき着いたばかりだよ。元気そうだね」

「あなたもね」

彼女は微笑みながら腰かけた。しかしそれは、これまでおれが見てきた千夏の微笑みとは、明らかにちがう種類のものだった。

互いの近状報告をしてしまうと、もう話すことがなくなった。しばらく沈黙が続いたあと、おれは思いきって話しはじめた。

「ずっと連絡しなくてごめん……。もっといろいろなこと、話すべきだったね」

「いいのよ。きっと、忙しかったんでしょう」

「忙しかっただけじゃないんだ。今までのこと、謝らなくちゃ。まったくおれってヤツは……」

突然、千夏がおれの言葉をさえぎった。

「もういい。ほんとうに、もういいのよ」

二度目の沈黙は、長くは続かなかった。

「ごめん、怒ってるわけじゃないのよ。それより……」

千夏はあのときと同じように、コースターをいじりながら言った。

「あなたにあげようと思って、持ってきたものがあるの」

彼女はバッグの中から、一冊の大学ノートを取り出した。

「今は開かないでね。気が向いたら、あとで読んでみて。捨てちゃってもかまわないわよ」

「捨てたりなんかしないさ。あとでゆっくり読ませてもらうよ。あっ、そうそう、おれもあげようと思って持ってきたんだ」

もう冬になりかけているというのに、おれは一か月前に編集した秋のテープを千夏にさしだした。

──まぬけな行為だった。彼女はちょっと躊躇《ちゅうちょ》していたが、受けとってくれた。

「そう。聴けるかどうかわからないけど、もらっておくわ。それじゃあ私、そろそろ帰るね」

「えっ、もう帰るの？　もう少しゆっくりしていけば？」

これ以上、何も話せやしないとわかっているくせに、おれは無責任に言った。

「もう行かなきゃ。人を待たせているの」

千夏は自分のコーヒー代をテーブルの上に置くと、さっと立ち上がった。

「さようなら。楽しかったわ」

千夏は振り返らずに、まっすぐ出口まで歩いていった。そしてあっというまに、アーケードの人波に消えていった。

ひとり、喫茶店に残され、おれはしばらくのあいだぼうっとしていたが、やがて気をとり直し、彼女が置いていったノートを開いた。

——そこには千夏の思いが、さまざまな形で綴《つづ》られていた。

あるページには、女の子らしいかわいい詩が。あるページには、やや皮肉っぽい散文が。またあるページには、書きなぐったような、怒りに満ちた文字の羅列が……。そしてそのほとんどが、おれに関して書かれた文章だった。

あるところまで来たとき、ページをめくる手が止まった。そこには、こんな詩が書かれていた。

あなたの恋人が　どこにいるのか
本屋さんで　すれちがった人か
電車で　となりにいた人か
そんなこと　わたしには　関係ない
わたしは　あなたの恋人さがしに　協力する
友だちじゃない

あなたは　気まぐれ
あまりにも　あなただけのために　暮らしている
あなたは　あなたの中でしか　生きていない
だから　もう
いっしょに　音楽を　楽しみ
映画を　味わおうなんて　思わない

あなたは　楽天的と　自分で言うけれど
それが　どうしたって　いうんだろう
そんな　あなたなら
恋人など　さがさなくたって　いそうなもの
さがさなくたって　どこにでもいる
女の子なら　たくさん

どれくらい時間がたったのだろう。気がつくと、客はまばらになっていた。おれは立ち上がるとレジへ向かい、勘定を払った。

頭の中でぐるぐると、千夏の言葉が回っていた。

——あなたは　あなただけのために　暮らしている。

おれはふらふらと、夜のアーケードへ出ていった。

——あなたは　あなたの中でしか　生きていない。

シャツとトレーナー姿のおれに、十一月の冷たい風が吹きつけてきた。それはもう、ほとんど冬の風だった。おれは思わず、ブルッと身震いした。

そういえばあのジャンパーは、とうの昔に捨ててしまったのだった。

おれは吉祥寺の夜のアーケードをひとり、とぼとぼ歩いていった。

3 エイプリル・カム・シー・ウィル

八時半にセットされた安っぽいアラーム音で、おれはいつものように目を覚ました。六畳間は微妙な明るさだった。東向きのこの部屋は、晴れていればカーテン越しに朝日が射しこんでくるはずだし、かといって曇りや雨だったら、もう少し暗いはずである。

——もしや。

おれは布団をはねのけて起き上がり、カーテンを開けた。

思ったとおり、一面の銀世界だった。一面といっても、ここはせせこましい東京の住宅街。窓から見えるのは、小さな前庭に植わっている桜の木と、小道をはさんですぐとなりのアパートくらいのものだった。それでも、すべてが雪に覆い尽くされていることに変わりはなかった。

一九八四年の冬、びっくりするほどたくさんの雪が、東京の街に降り積もった。もともと雪の少ない地方に育ったおれは、はじめはガキのように喜んで雪のなかを歩いていたが、何回目かの雪になると、すでにうんざりしていた。

――また雪かよ、まいったなあ。

しかしどう考えても、文句を言えるような立場ではなかった。なにしろおれは、働いてもいなければ、大学に通ってもいないのだ。世間一般の人たちのように朝早く起きて、雪のなかを通勤や通学する苦労もなかった。それでも毎朝きっかり八時半に起きて、出かける準備をする。こんなおれにも、やらなければならない仕事が待っているのさ。

自家製のピザトーストとモカのホットコーヒーの朝食をすますと、おれはアパートを出た。真っ白い息を吐き、足を取られぬよう一歩一歩、雪を踏みしめながら歩いていく。このお呼びでない大雪のおかげで、おれは今年になってからすでに三度もこけているのだ。

降りしきる雪のなか、あれこれと今日の戦略を思いめぐらせながら、駅に向かって歩いていった。おれは北口から駅に入っていくと、改札口には向かわずにそのまま構内を突っきり、南口を出てすぐの店へと向かった。

いつもどおり十時十分前に到着すると、店の前にはすでに五、六人の常連客が並んでいた。

「おはようございます」

おれはペコリと頭を下げてから、中年男たちの列に加わった。

――先輩たちには、きちんと挨拶《あいさつ》しとかなくちゃね。

男たちは白い息を吐き吐き、小刻みに体を動かし、寒さに耐えながら開店を待った。彼らは互いに顔見知りなのだが、この朝の待ち時間に言葉を交わすことはめったにない。それぞれの思惑を胸に秘め、皆それなりに、きりっとしまった顔をしている。

十時きっかりに店員が出てきて、入り口の自動ドアのスイッチを入れる。と同時に、われわれはいっせいに店の中になだれこむ。もちろん、前に並ぶ先輩を追い越すなんて無礼なまねをしちゃいけないが、かといってのんびりしてもいられない。

軍艦マーチが鳴りひびくなか、おれは二階に駆け上がり、遊技台のあいだをミズスマシのように走りまわる。そして、あらかじめ目星を付けておいたいくつかの台の前で立ち止まると、じっとにらめっこをして、釘《くぎ》の締まり具合を入念にチェックする。

――やれやれ、今日もなんとかお目当ての台を確保できた。

おれはホッとひと息つくと、75番台の上皿に百円ライターを置き、千円札を両替しに一階へ下りていった。

そう、ここは南口商店街のパチンコ屋。そして、もうすぐ二十五歳になるおれは、いっぱしのパチプロを気取っていた。

おれは大学院をドロップアウトした。いや、じつのところ「ドロップアウトした」と言う資格すらなかった。なにしろ、一日も出席しないうちに、やめてしまったのだから。

去年の今ごろ、卒論を仕上げる以前に、おれは工学部での勉強にも実験にも、完全にやる気をなくしてしまった。だから卒論の発表会が終わった次の日から、パタリと研究室に顔を出さなくなったのだ。大学はなんとか卒業させてもらったが、進学が決まっていた大学院に足を運ぶことはなかった。おまけにおれは、退学届すら出しにいっていなかった。

大学院に行かないなら、さすがに働かなくてはまずいだろうと思い、おれは去年の夏の終わりに、職探しに出かけることにした。塾講師のアルバイトの口でも見つけるつもりだった。

しかしその日、駅に出てきたまではいいが、なかなか電車に乗る気になれない。

おれはとりあえず、南口のパチンコ屋に入ることにした。少しだけ気分転換をしてから出かけようと思ったのだ。けれども店に入って玉を打ちはじめると、いつのまにか我を忘れて熱中してしまい、店を出たときはすでに真っ暗になっていた。

まあいいか、とおれは思った。そんなに焦って職を探す必要もなかったし、とにかくその日、パチンコで五千円ほどもうけたからだ。そして続く四日間、おれは判で押したように同じ行動パターンをくり返した。

毎朝、「今日こそは、バイト先を見つけよう」と心に決めてアパートを出るのだが、駅に着いたとたん、ころっと誘惑に負け、まあちょっとくらいいいだろうとパチンコ屋に足を踏み入れてしまう。そして、店を出るとすでに日が暮れている、という具合である。さらに始末が悪いことに、おれは五日間ずっと、勝ちつづけてしまったのだ。

そして五日目の夜、はたと気がついた。

「待てよ……。この五日間ぜんぜん働いていないのに、いつのまにか三万円も金が増えている。ひょっとすると……これはいけるかもしれないぞ！」

とりあえずやってみよう、とおれは思った。パチプロになろうと決心したわけではないが、ほんとうにそれで食べていけるものかどうか、ちょっと試してみたくなったのだ。

その日から、おれの快進撃が始まった。自分でも不思議になるくらい、連戦連勝だった。

――一九八四年のパチンコ屋は、パラダイスだった。あのころのパチンコ台の、なんと魅力的であったことか！

釘と銀の玉が織りなす、なんともいえず微妙で、なおかつ熱いせめぎあい。そしてついに玉がスポッと入賞口へ消えていくと、いっせいに始動するダイナミックな仕掛けの数々。

ゼロ戦の翼が、パタパタと開いたり閉じたりをくり返す、ご存知『ゼロタイガー』。

巨大隕石《いんせき》の衝突で、突然地球が爆発し、ばらばらに分裂していく『メテオ』。

カブト虫の軍団が、くるくると愉快に回転する『コスモビートル』……。

挙げていけばきりがない。じつにユニークで、わくわくするような楽しい台が、店じゅうにあふれ返っていた。パチンコに魅了されたおれは、来る日も来る日も、夢中になって玉を打ちつづけた……。

パチンコ屋での一日の過ごし方は、だいたいこんな感じである。

本日の遊技台を確保したらいったん席を離れ、千円札を百円玉に両替し、自動販売機で煙草を買ってくる。席に戻ると、もう一度じっくり台を眺め、二百円分玉を買う。そして、ゆっくり深呼吸して集中力を高めてから、いよいよハンドルを握り、玉を打ちはじめる。

玉が何度か連続して入賞口へ入ると、出玉がたまってくる。それまでにいくら金を使うかは、その日の運次第だ。運がよければ二百円でうまくいくし、ついていなければ三千円でも四千円でも使ってしまう。

ここで肝心なのは、少しくらい玉の出が悪いからといって、次々と台を変えないことである。今日はこれでいこうと決めたら、最後までその台を信頼してあげたほうが、不思議とよい結果が出るものなのだ。

台の受け皿が出玉でいっぱいになると、塩化ビニル製の横長の箱を持ってきて（なぜか、たいてい緑色である）、そこに玉をためていく。しかし、まだ安心してしまってはいけない。ここで集中を切らすと命取りだ。煙草に火をつけながらも、一瞬たりとも玉の流れから目を離さない。

　箱いっぱいに玉がたまると、やっとひと安心だ。だいたい十一時か十二時くらいになっている。朝からずっとピーンと張りつめていた空気も、ようやくゆるんでくる。緊張感から解放されて大きく伸びをすると、ここではじめて席を立ち、自動販売機のホットコーヒーを買いにいく。

　あとはただひたすら、粘る。出玉が思うように増えなくてイライラすることもあるし、どんどん玉が減っていき、このままなくなっちゃうんじゃないかと焦る時間帯も必ず訪れる。それでもひたすら台を信じ、粘るのみである。そしてその粘りは、たいてい報われる。

　玉が横長の箱に二つたまると、今度は縦も横も長い、やはり塩ビ製の大箱を持ってきて、ザザーッと玉を移しかえる。そしてその大箱を、足元にデンと据《す》える。少しリッチになった気分である。あとは油断せず、最後まで集中を切らさないことだ。

　やがて大箱いっぱいに出玉がたまると、合計三千発となり、「打ち止め終了」のアナウンスが場内に流れる。パチプロたちが次々と、打ち止めを確認しにおれのところへやって来る。すこぶるよい気分である。

　昼前に一台目を仕留め、意気揚々としている日もあるし、目を真っ赤に充血させ、へとへとになって、ようやく夜の八時に一台目を打ち止めにする日もある。その時点で疲れきっていればやめるし、体力と気力が余っていれば二台目へと向かう。

おれは若いから、開店から閉店まで、食事をはさんでまる十二時間、パチンコ屋に入りびたっていることもけっこうある。

食事をとるときは、『ただいま食事中（三十分間）』という札を台に立てかけて外出するのだが、いないあいだに玉を持っていかれちゃうんじゃないかと気が気ではなく、おちおち食事などしていられない。三十分なんて、とんでもない。

だからたいていは、すぐとなりの富士そばで、わかめ入り天ぷらそばを流しこむか、そのまたとなりの松屋で、生卵入りビーフカレーをかきこむかのどちらかだ。その間、およそ五分である。

早々に引き上げた日でも、夜の十時前にもう一度店を訪れる。これは絶対に忘れてはならない重要なポイントだ。

おれは閉店間際の店内をくまなく歩き、この日打ち止めになった台をもう一度確認し、その台の釘の開き具合をチェックしてまわる。そして、現時点における店全体の傾向をつかみ、明日の対策をじっくり練るのである。この作業さえ怠《おこた》らなければ、そうそう優秀台を見誤ることはない。

おれは、どこまでもまとわりつくヘビのように執念深く、獲物に群がるハイエナのように貪欲だった。別の言い方をすれば、労力を惜しみさえしなければ、当時のパチンコ台はそこそこのもうけが計算できたのだ。だからこそ、パチプロの生活が成り立っていたのだろう。

　このパチンコ屋にはパチプロが十人ほどいるが、意外なことに、店側はパチプロたちを疎《うと》んじてはいなかった。

　パチンコ屋とパチプロたちは、いわば共存関係にあるようで、パチプロはある面、サクラのような役割を担《にな》っているのかもしれない（とすれば、一般客にはいい迷惑だが）。それによく見ると、必ずしもすべてのパチプロが着実にもうけているわけではない。なかには逆に店に貢献しているのではないかと思うようなヤツもいる（それではパチプロと呼べないが）。

　それはともかく、パチプロたちは皆、とてもユニークだった。

　パチプロたちのボスを自他共に認めている、黒ぶちめがねにちょびひげを生やした四十代後半とおぼしき男。痩《や》せて貧相な体つきだが、めがねの奥の眼光はあくまで鋭く、肩で風を切って歩く姿は、たしかに迫力十分である。

　ボスのうしろを金魚の糞《ふん》のようについてまわる、ひょろっと長身の三十代の男。この男は小心者で、玉の出が悪いとすぐにヒステリーを起こし、台をたたいてはキンキンと耳障《みみざわ》りな声でがなりたてる。

　ボスと同じ年代と思われる、豆腐屋のオヤジ。ボスとは対照的で、ほかのパチプロのことなど、まったく眼中にない。ひたすらマイペースで、黙々と玉を打ちつづける（でもいったい、いつ仕事をしているのだろう？）。

　トンボめがねに肩までかかる長髪と、やや時代遅れの風貌《ふうぼう》の男。年齢不詳だが、パチプロらしからぬ人当たりのよさをそなえている。実力もそうとうなもので、負けるのを見たことがない。めがねをずり下げ、上目使いにジーッと台をにらみつける姿は印象的で、おれはひそかにこの男を尊敬していた。ただ難点は、せっかくかせいだ金をすぐに競艇でスッてしまうことだった。

　博多から美術を勉強するために上京してきたという、九州弁まる出しの若者。色黒でくせ毛、クリッとした目をしており、誰にでも人なつこく話しかける好青年だが、落ち着きがないのが玉《たま》に瑕《きず》だった。じっと座っていることのできぬ男で、「どうね、どうね」と、十分に一回はおれの席まで訪ねてくる。残念ながらその落ち着きのなさは、パチプロとしては致命的だった。

　このほかにも、見た目はちょっと渋いが、しゃべりだすと、とんでもなく軽い役者くずれの男、学習塾を経営しているインテリ風の男（釘の配置と角度について講義を始めると、止まらない）、そして、ただひたすら床に落ちた玉を拾いまくるホームレスの男等々、今までおれが出会ったことがないさまざまな種類の人間が、このパチンコ屋に集まってきていた。

パチプロの世界にも、当然のことながら、それなりのルールがあった。
きちんと挨拶《あいさつ》をすること。たとえ自分のほうが早く並んで待っていたとしても、先輩が来たら「どうぞ」と言って、順番をゆずること。ほかのパチプロの領域まで、むやみに侵害しないこと。すでに一台打ち止めにした者は、なるべくほかのパチプロに出そうな台をゆずること……。

このような暗黙のルールを守らなければ、新入りのパチプロなどは、あっというまに店からはじき出されてしまう。実際、新入りの生意気な大学生がパチプロたちと大げんかをくり広げたあげく、店から追放される姿を、おれは目の当《ま》たりにした。

おれはもともと気の弱い男だから、先輩たちにはいつもぺこぺこして気を遣い、日々これらのルールを学んでいった。考えてみると、おれがはじめて社会のルールというものを学んだのは、このパチンコ屋においてだったのかもしれない。

最低限のルールさえ守っていれば、いくらかせいでも、彼らは文句を言ったりしない。意地悪もしないし、ねたんだりもしない。今思えば、一般のサラリーマンより、よっぽど心が広い男たちであった。たぶん、己の腕一本で勝負しているという自負があるからだろう。

おれはますますパチンコにのめりこんでいき、連勝街道をひたすら突っ走った。そしていつしか、先輩のパチプロたちにも一目置かれる存在になっていた。

初任給が十三、四万円の時代、おれはパチンコで月に三十万円ほどかせいでいた。とたんに気前がよくなったおれは、友人や仲間たちに酒をおごりつづけ、あぶく銭はあっというまに消えていった。レコードを買いだめし、電気ピアノを一台買った以外は、実際何も残らなかった。最初から金をためこむつもりなどなかったから、楽しければそれでよかったのだ。

冬のあいだずっと、降りしきる雪のなか、おれはパチンコ屋に通い詰めた。土・日もなく、休みは月一回の店の定休日だけだった。ツキにも恵まれたのだろう。年が明けてから、一度も負けることはなかった。

しかし、三月中旬に最後の雪が降ったころから、おれの勢いは徐々に鈍っていき、三月下旬はずっと辛勝《しんしょう》が続いた。自分でも、集中力が途切れがちになっていくのがわかった。

四月三日、おれの連勝記録はついに八十八でストップした。

――どうもこの季節はダメだ。四月はいけない。

花粉症ではないし、春が嫌いなわけでもない。けれども四月の声を聞いたとたん、なぜかとても落ち着かなくなってしまうのだ。

昔からそうだった。おれはふだんかなり集中力があるほうだが、四月になるとそわそわして、なにごとも手につかなくなる。べつに花見に行きたいわけではないが、なんだかむずむずして、じっとしていられなくなる。いいや、体のことではない。心がじっとしておれなくなるのだ。

　自分の中に流れる野性の血が、春の訪れと共に目を覚まし、騒ぎだす——うまく表現できないが、そういった感じがしてならなかった。

　百連勝をねらっていたおれは、連勝が途切れてがっかりしたけれど、正直ホッとした。これでようやく肩の荷が下りた、という思いだった。おれはこの三か月間、パチンコに縛られすぎていたのだ。これからはシャカリキにならないで、ゆったりとパチンコを楽しもう。

　ずっと気になっていたことだが、おれはまだ、大学院に退学届を提出していなかった。気が進まないが、このままほうっておくわけにはいかない。手続きの書類をもらってこなくては。

　翌日、おれは大学院に出かけた。ほぼ一年ぶりのことだった。

　中央線の快速電車に乗って、御茶ノ水駅までは順調にやってきたが、やはりすんなりとはいかなかった。聖橋口《ひじりばしぐち》を出てそのまま横断歩道を渡ってまっすぐ行けば、地下鉄に乗り換えられるのに、おれの足はかってに右方向へそれていった。

「まあいいか。まだ時間は早いし、ちょっとだけ本屋に寄って、雑誌でも立ち読みしていこう」

ここ三か月、アパートとパチンコ屋と飲み屋のあいだしか行き来していなかったから、ひさしぶりに歩く街はとてもまぶしく感じられた。

時はまさに春だった。陽ざしはぽかぽか暖かく、すれちがう女性たちも皆、いつになくきれいに見える。

パチンコに没頭していた冬のあいだ、ずっと眠っていたあの感覚が、むくむくと頭をもたげてきた。何かにせっつかれるように、おれは急に落ち着きをなくし、きょろきょろとあたりを見回しはじめた。大学へ行かねばならぬことなど、もうすっかり忘れていた。

はやる気持ちをおさえ、「丸善《まるぜん》」のお茶の水店へ入っていった。そしてゆっくり時間をかけて、店内を回った。けれども、おれが探しているのは本ではなく、女の子だった。

まだ昼前だというのに、文芸書コーナーにも、専門書コーナーにも、文庫コーナーにも、まんべんなく客がいた。不思議なくらい、たくさんの人だった。おれとちがって皆、真剣に本を探しているのだ。「日本人って、ほんとうに本が好きな人たちなのだなあ」と、おれは妙に感心してしまった。

店内をぐるりと一周してみたが、これといった女性は見当たらなかったので、おれはこりもせず二周目に入っていった。アメリカ文学のコーナーにさしかかったとき、ある女の子を見つけた。長いストレートヘアーで、ひざ上のスカートをはき、学生風の手提げカバンを持っていた。

目をひくほどの美人ではないし、際立って上品というわけでもない。一見地味で、どこにでもいそうな素朴な感じの女の子である。けれども、彼女はたしかに、ほかの女性たちにはない何かを持っていた。それがなんなのか、おれにはわからなかったけれども。

ふだんはさすがに、店内で女性に声をかけたりなどしない。けれどもこの日のおれは、いつになくハイな気分だった。きっと春のせいだろう。それにアメリカ文学のコーナーだけ、なぜかほかに客がいなかった。気がついたときにはおれはもう、彼女に声をかけていた。

彼女はこちらを振り向くと、ポッと頬《ほお》を赤く染め、口ごもってしまった。ほんとうにリンゴみたいなホッペだな、とおれは思った。

突然話しかけられて、彼女はさぞかし驚いたことだろう。しかし当惑しながらも、彼女は今自分が置かれている状況を、的確に把握《はあく》していた。おれの行為を、そのまま自然に受け止めてくれたのだ。だからこっちも、よけいな言い訳をする必要はなかった。

おれは彼女を喫茶店へ誘った。彼女はただうなずいて、ついてきた。

「あやしい人にちがいないわ」といった、猜疑心《さいぎしん》に満ちた決めつけも、「私のこと、バカにしないでよ」といった、被害妄想的な了見の狭さも、「簡単についていったら、軽く見られちゃうかも」といった、くだらない見栄も、彼女にはいっさい感じられなかった。

おれは彼女を気に入り、彼女もおれに興味を持った——ただそれだけの単純なことなのだ。

そして彼女もおそらく、その単純さを理解していた。

お茶の水の「ルノアール」で、おれたちは、コーヒーを飲みながら一時間ほど話した。

彼女は純子といった。東北の地方都市出身で、女子大の英文科に通う四年生だ。卒論のテーマを決めるのに何かヒントになりそうな本がないかと、書店に探しにきたそうだ。

純子は思ったとおり、口数の少ない女の子だった。でもそれは、おれのことを警戒したり、出方をうかがっているからではなく、ただ単に恥ずかしがり屋で無口ということらしかった。その証拠に、彼女はなんのためらいもなく、自分のアパートの住所と電話番号を教えてくれた。

——多くを語らなくとも、気持ちは通じている。この娘《こ》は、おれのことをわかっている。なんとなく、そんな気がした。

おれは、もうすっかり大学に行く気をなくしていたが、純子は、午後の講義に出席すると言った。出席をとるからサボれないのだそうだ。「ふーん、出席ねえ」とおれは思った。おれの通っていた大学では、実験と体育実技以外で出席をとることは、一度もなかったからだ。

「じゃ、また連絡するね」

別れしな、おれは純子の手を握った。

純子はまた、ポッと顔を赤らめた。

同じ週の土曜日に、さっそく純子をデートに誘った。その日、おれはちょっと奮発してフランス料理の店へ行き、昼のミニコースを注文した。

オードブルとスープまではよかったが、メインのステーキが出てきても、純子はなかなか手をつけようとしない。

「どうしたの？」

と訊《き》くと、

「あたし、肉が苦手なの」

と答える。なんだ、最初から言ってくれればいいのにと思ったが、もしかしたら、おれがせっかく張りきって選んだ店だから、悪いと思って言いだせなかったのかもしれない。

奥ゆかしいといえば奥ゆかしかった。しかし、いくら無口だからといって、これでは先が思いやられるなあ、とおれはちょっぴり不安になった。

食後、桜が満開の井《い》の頭《かしら》公園を散歩した。

明らかに、桜よりも花見に訪れた人のほうが多かったし、長っ細くのびた池では、家族連れやカップルが、オールをぶつけあいながらボートを漕《こ》いでいた。それでも春の風は心地よく、年に一度の平和な花見の風景は、ホッと心をなごませてくれるものだった。

人々の流れに乗って公園を一周してしまうと、おれは「アパートに来ない？」と、純子を誘ってみた。彼女はこの前と同じように、ただうなずいてついてきた。

部屋にやってきても、純子はほとんどしゃべらなかった。

おれはコーヒーをいれ、途中で買った「イタリアン・トマト」のでっかいケーキを二人で食べた。純子はおれのレコードのコレクションを、大きく目を見開いて、じっと眺めていた。あまりの枚数の多さにびっくりしたのかもしれないが、それでもやっぱり、彼女は何も言わなかった。

ケーキを食べてしまうと、もうほかにすることがなくなった。おれは思いきって、純子をベッドに誘った。食事のときと同じように、いざその段になってから、「あたし、エッチが苦手なの」と断られるのではないかと心配だったが、そんなことはなかった。

ベッドの中でも、彼女は無口だった。とくに嫌がるようなそぶりは見せなかったが、経験が浅いのだろうか、最後までずっと、体をかたくしたままだった。

しばらく沈黙が続いていたので、音楽でもかけようかと思い、ベッドから起き上がった。おれはレコード棚の前でしばらく迷っていたが、やがて『卒業』のサウンド・トラック盤を取り出した。サイモン&ガーファンクルを聴くのは、じつに二年ぶりである。どうしてだかわからないが、急に彼らの歌が懐かしくなったのだ。

A面の最後から二曲目、『エイプリル・カム・シー・ウィル』で、ようやく純子が反応した。アコースティック・ギターの澄んだ音色が聞こえてくると、彼女は「この曲、好きだな」とつぶやき、はじめて笑顔らしい笑顔を見せてくれたのだ。おれはホッとした。

素朴で、不思議な透明感のあるこの曲は、たしかに純子のイメージにぴったり合っていた。音楽が終わるころ、外はすっかり暗くなっていた。窓を開けると、すぐ目の前に、いつもの桜の木があった。ついこのあいだまでつぼみだった桜の花は、いつのまにか満開になっていた。

おれは冷蔵庫から缶ビールを取り出し、純子にもすすめた。そして、二人で夜桜を眺めながら、ゆっくりビールを飲んだ。

静かな春の夜だった。桜の花びらは、夜の闇になまめかしいほど白く浮き立ち、おれの心を妙に落ち着かなくさせた……。

その後、二人は自然に親密になっていった。

週に一度のペースで、純子はおれのアパートへ遊びにきた。とくに会う日を決めていたわけではないが、夜に電話で話していて互いに気が向くと、「これから来る?」「じゃあ、行っちゃおうかな」というような具合だった。おれは昼間ずっとパチンコを打っていたし、純子も意外に交友関係が広いようで、けっこう忙しくしているらしかった。

二人とも自分の生活を大切にするほうだから、互いのプライバシーにはあまり触れないようにしていた。それでもおれたちは、まずまず仲よくやっていた。

いぜんとして口数の少ない純子だったが、おれの部屋ではだんだんリラックスするようになり、セックスも楽しめるようになっていった。実際慣れてくると、二人の相性がとてもよいということに、おれは気がついた。

ある晩、ベッドの中で純子は言った。

「セックスって、かわいいね」

彼女がそんなことを言いだすなんて、ちょっとびっくりだった。でも、おれは純子のその言葉がとても気に入った。

――うん、そうだな。セックスって、かわいいものかもしれないな。

そんなふうにして、純子と出会った四月は平穏に過ぎていき、気がつけばゴールデンウィークも終わっていた。

五月のある昼下がり、おれはいつものようにパチンコ屋で粘っていた。結局、退学届も出しにいかぬまま、あいかわらずパチプロ生活を続けていたのだ。一時期ほどの勢いはなかったが、それでもおれは着実に、パチンコで生活費をかせいでいた。

もう、玉は二千発ほどたまっていた。あとひとふんばりで打ち止めが見えてくる。

「どうね、どうね」

博多っ子がいつものように、ニコニコと愛嬌《あいきょう》をふりまきながらやってきた。彼は、おれの足元にある大箱を見て言った。

「おお、さあっすがー。いつも強かね。今日も打ち止めにしよるとね」

「まだわからないよ。そっちはどう？」

「豆腐屋のおっさんの一人勝ちばい。今日はほんと、ツキがなか。こげん日は、帰ったほうがよかかね？」

「もう少し粘ったら」なんて無責任なことは言えないので返事を考えているうちに、博多っ子はそそくさと自分のなわばりへ戻っていった。

何かの拍子に、台の上皿から玉が一発こぼれ落ち、床の上をころころと転がっていった。おれはすぐに立ち上がって追いかけようとしたが、銀玉はすでに、おこぼれをねらって後方で控えていたホームレス男に拾われていた。

——チッ、ついてねえぜ。

二千発もあれば一発くらいどうってことないのだが、人間の心理とはおもしろいものだ。

玉がたまればたまるほど、一発の玉が惜しくなってくるのだ。おれはパチプロになってはじめて、どうして世の金持ち連中があんなにケチで欲深なのかが、わかったような気がした。

「さあ、もう一度集中しよう」と気合を入れ直したが、なんだかまだ背後に人の気配がする。

「うざってーなあ。もうあっちへ行けよ」というしかめっ面をして、おれはうしろを振り向いた。

だが、そこに立っていたのは、ホームレス男ではなく、純子だった。

おれは少々面食らった。純子がパチンコ屋を訪ねてくるのは、はじめてのことだったから。

「どうかしたの？」

おれは玉を打つ手を止めて、純子に話しかけた。

「ちょっと、相談したくて……」

ちょうどそのとき、博多っ子がまたひょっこり姿を現した。博多っ子は五メートルほど手前で純子の存在に気づき、びっくりした様子で立ち止まった。しかし、すぐにニコッと笑うと、小指を立ててさかんにウインクしながら、台の陰に消えていった。

純子がわざわざ相談にやってきたとなれば、しょうがない。おれは二千発で、本日の仕事を終了することにした。残り千発じゃ失礼かなと思ったが、いちおう博多っ子に、「もうやめるよ」と知らせにいった。博多っ子は喜んで、おれのあとに座りにきた。

おれは純子と二人で、喫茶店へ入った。彼女はめずらしく、自分から口を開いた。

「あのね……あたし、この街に越してこようと思うの」

「えっ、なんでいきなり？」

おれは驚いて、純子の顔を見つめた。

「前から考えてたんだけど、ここは大学に通うのにも便利だし、いい店もたくさんあって暮らしやすそうだし……」

「ふーん……。しかしまた、ずいぶんと急な話だね」

たしかにこの街は暮らしやすいし、純子は同棲を始めたい、と言っているわけでもない。彼女の引っ越しに反対する理由は、何もなかった。それに純子が近くにやってくると聞き、正直、悪い気はしなかった。

「アパート探すの……手伝ってくれる？」

街のことはよく知っているし、自慢じゃないけど、おれはこの四年間で三回も引っ越している。アパート探しは手慣れたものだった。まあここは純子のために、ひと肌脱ぐとしよう。

「よーし、じゃあこれから探しにいくか！」

結局、その日のうちに不動産屋を四軒ハシゴし、純子の気に入るアパートを見つけだした。おれはわが事のように張りきって、彼女のアパート探しに協力した。それが悪夢の始まりになるとは、つゆ知らず。

おれはしだいに、純子のアパートに入りびたるようになっていった。同棲とまではいかなかったが、週のうち一、二日は、彼女のアパートからパチンコ屋に通った。

純子は毎朝、十時過ぎまで寝ていた（もう四年だから、あらかた単位は取ってしまったのだそうだ）。それでも感心なことに、彼女は昼から大学に出かけ、ゼミに出席したり、図書館で勉強したりしていた。

たしかにおれは純子に甘えていたかもしれないが、週に一度はレストランや居酒屋で彼女にご馳走《ちそう》したし、ときにはパチンコでかせいだ金で、ビデオデッキ（当時はまだ高級品だった）をプレゼントしたりもした。

純子の作った料理は、食べた記憶がない。そのかわりおれは気が向くと、駅前の「西友」でどっさり食材を買いこみ、彼女のアパートのキッチンで料理作りに熱中した。

おれのアパートの流しには、茶色い水苔《みずごけ》がびっしり生えた鍋や皿が山積みになっていたし、生ゴミのあいだをゴキブリたちが、我が物顔に這いまわっていた。それに比べると、まだ築二年のアパートのキッチンは、ぴかぴか輝いていて、いつもきちんと整理されていた。

だから純子のキッチンを見ると、思わず料理がしたくなってしまうのだ。他人のキッチンをちゃっかり利用して、気が向いたときだけ自分の趣味で料理を作るとは、「男の料理」なんて身勝手なもんだよな、とおれは思った。それでも純子は喜んで、おれの作った料理を食べてくれた。

ワインを飲みながら新作料理をつまんだり、ビデオで古い映画を観たりして、二人は梅雨の夜を楽しく過ごした。けれどもそんな平和な半同棲生活も、長くは続かなかった。

七月になり、梅雨も終わりに近づくと、おれと純子のあいだに早くも不協和音が生じはじめた。

パチプロ生活も一年近くになり、おれのパチンコに対する情熱は、少しずつ冷めてきた。そして同時に、またあの悪い癖が復活してきたのだ。おれはパチンコに飽きると、昼間から近場の街をうろつき、ナンパをくり返すようになった。その気配を、純子は察しているようだった。

いっぽう純子も、卒論のテーマがなかなか見つからず、くさくさしているようだった。このごろは、大学へ行かない日も多くなってきた。そして、どうやら彼女も、ほかに何人かつきあっている男がいるということに、おれは気づきはじめた。

二人とも、自分のことは棚に上げ、互いの行動を疑いはじめた。出会ったころの純粋な気持ちはすっかり失われ、どろどろしたいやらしい嫉妬の感情が、二人のあいだに渦巻くようになっていった。それでも二人は、夜を共にしつづけた。

ある日の午後、あまりに暑くて街を歩く気にもなれなかったので、おれは純子のアパートに転がりこんだ。彼女のアパートには、クーラーがついていたからだ。

おれはいい気になって昼間から、ポテトチップをつまみに缶ビールを次々とあけた。純子は、明日提出のレポートがあるからと言って、つきあってくれなかった。おれはいつのまにか、うたた寝してしまった。

純子が部屋に帰ってきた物音で、ハッと目が覚めた。腕時計を見るとまだ五時前で、うたた寝していたのは、ほんの三十分くらいである。

「どこへ行ってたの？」

「べつに、ちょっと買い物に行っただけ」

けれども買い物の袋は、どこにも見当たらなかった。おれは、彼女が嘘《うそ》をついていると感じたが、たった三十分ではデートもできまいと思い、別段気にもとめなかった。

純子は鼻歌をうたいながら冷蔵庫を開け、水だし麦茶をグラスに注いだ。

子供たちが夏休みに突入したばかりのある日、おれはつい二時間ほど前に知りあった女の子と、アパートへ向かって歩いていた。

暑かった。梅雨明けの元気いっぱいの太陽が、容赦なくじりじりと照りつけてきた。駅からアパートまで歩いて十分の道のりが、やたら長く感じられた。

クーラーもないむさ苦しい部屋に彼女を連れていくのは、なんだか申しわけない気がした。けれども、部屋に行きたいと言ったのは彼女のほうだった。もちろん、おれのスケベ心は、もろ手をあげて大歓迎だったが……。

駅のロータリーでバスを待っていた女の子に、おれは声をかけた。大学生になりたてという感じの快活な子だった。彼女も急ぎの用はなかったので、喫茶店で少し涼んでいこうということになった。

おれがパチンコでもうけた金で電気ピアノを買った話をすると、彼女は目を輝かせ、ぜひ自分にも弾かせてほしいと言いだしたのだ。大学一年の彼女は、東京で一人暮らしを始めたばかりだが、趣味のピアノが弾けなくてとても寂しい思いをしていると言った。

おれは汗をふきふき、アパートの階段を上がっていった。彼女もあとからついてきた。部屋の前まで来ると、なんとなくいつもとちがう空気を感じたが、それはたぶん、おれがよからぬことを考えているからだろうと思った。

ドアの鍵を開けようとして、おれは「あれっ」とつぶやいた。鍵がかかっていないのだ。でもまあ、よくあることだ。暑さボケで、鍵をかけ忘れたのだろう。

「汚いところでホント恥ずかしいですけど、まあどうぞ」

うしろを振り返り、彼女に向かって照れ笑いしながらドアを開けた。そして部屋に入ろうと前に向き直った瞬間、おれはその場に凍りついた。全身の血の気が、サーッと引いていくのを感じた。

——六畳間の入り口で、純子が仁王立ちしていた。

純子は何も言わず、鬼のような顔をしておれたちをにらみつけていた。おれのほうも頭が真っ白になり、言葉を失った。弁解の余地もなかった。

ただならぬ雰囲気に、ピアノの彼女はおびえ、「私、帰るね」と言って、逃げるようにアパートの階段を駆け下りていった。かわいそうなことをしたなと思ったが、しかたがない。そう、一刻も早くこの場から逃げ去るのが正解だった。

おれは自分の部屋へ上がった——何も遠慮することはない、ここはおれの部屋なのだ。

純子はおれのベッドに座って、こちらを見ていた。いぜんとして言葉を発しようとしないその口元に、うっすらと笑いが浮かんでいた。不気味な笑いだった。

もちろん、おれは気が動転していたが、少なくとも何が起きたのかは十分に理解していた。いつかこのような事態が発生することを、心のどこかで予感していたのかもしれない。

——今思えばあのとき、そう、純子の部屋でうたた寝してしまったあのとき、純子はおれのズボンのポケットから鍵を探りだし、近くの金物屋で合い鍵を作ってきたのだ。

おれが部屋に入っていくと、純子はベッドから立ち上がり、今度はレコード棚の前に座りこんだ。そしてLPレコードを一枚一枚取り出しては、アルバムジャケットの両端をつかんで、破るしぐさを始めた。

「何するんだ、やめろよ！」

おれにとってレコードのコレクションは、命の次に大切な宝物である。そして、始末が悪いことに、純子はそのことをよく知っていた。

「ふふふ……どうしてあげようかしら」

「悪かったよ。謝るからレコードだけは、かんべんしてくれ」

「今さら謝ったって、もう遅いわよ！」

純子は、急に語気を荒らげて言った。

「自分だって、かってに鍵を作って他人の家に不法侵入したくせに」というセリフが喉《のど》まで出かかったが、がまんした。ここで純子を怒らせてはまずい。なにしろ相手は、おれのレコードを抱えこんでいるのだ。

純子は一枚のアルバムを手にすると、中袋からLP盤を取り出した。そしてレコード盤に爪を立て、ガリガリとひっかきはじめた。

――や、やめてくれ！　そのビーチ・ボーイズの『サーフズ・アップ』は、日本でもアメリカでも廃盤になってしまい、もう手に入れることができない貴重品なのだ！

純子は次のＬＰ盤を取り出し、今度は今にもパリンと割れてしまいそうなくらい、思いっきりレコード盤を反り返らせた。

――お願いだ、たのむからやめてくれ！　イッツ・ア・ビューティフル・デイのファーストアルバムは、十代の思い出がいっぱい詰まった、とても大切なレコードなのだ！

純子はうす笑いを浮かべ、おれの反応を楽しみながら、次々とレコードにいたずらをしていった。おれはもう、いつレコードが傷ついてしまうかと心配で心配で、居ても立ってもいられなかった。

しかし、純子に手荒なまねはできなかった。これ以上怒らせてしまったら、彼女はきっと気が狂ったようになって、おれのレコードを粉々になるまで踏んづけるだろう。とにかく今はがまんして、彼女をなだめるしかない。

純子はレコードを盾《たて》におれをいびりつづけ、いつまでたっても帰ろうとしなかった。おれが下手に出れば出るほど、彼女の笑いは冷酷になっていった。

もうすぐ五時だ。家庭教師のアルバイトに行かなければならない。先週も自分の都合で、日程を変えてもらったばかりだから、さすがに今日は、ドタキャンするわけにはいかない。

よほど純子をアパートからほうり出してやろうかと思ったが、合い鍵を持っている彼女にうかつなまねはできなかった。

結局五時になっても、純子は頑としてアパートから出ていこうとしなかった。どうにもしようがなく、おれはうしろ髪を引かれる思いでアパートを後にした。

家庭教師をやっている二時間、おれはずっとレコードの安否が気にかかって、教え子に何を訊《き》かれても上の空だった。やっと勤めが終わると、おれは大あわてで自転車にまたがり、矢のようにアパートに飛んで帰った。

アパートに到着し、下から二階を見上げると、部屋の明かりはついていなかった。どうやら純子は、もう帰ったようだ。おれは階段を駆け上がり、祈るような気持ちでドアを開け、電気をつけた。

――まさか！

おれは一瞬、わが目を疑った。そして次の瞬間、全身の力が抜け、へなへなと畳の上に座りこんだ。

――やられた……。

レコード棚はもぬけのからで、おれの大切なレコードは、一枚残らず持っていかれていた。

一九八四年のとんでもない夏休みは、そのようにして幕を開けた。おれの生涯において、もっともつらく、厳しく、そして長い夏だった。身から出たサビといえばそれまでだが、それはあまりに苛酷《かこく》な仕打ちであった。愛するレコードを奪われ、おれは日に日に憔悴《しょうすい》していった。

証拠はなかったが、あの日、純子はおれの全レコードを、自分のアパートに持ち運んだようだ。三百枚ものＬＰレコードだ。たった二時間で荷造りして運送屋を手配するのはまず不可能だし、ましてや女手ひとつで運び出せるわけがない。それに純子は、車の免許も持っていなかった。

ということは、純子は車を持っている誰かほかの男と共謀して、レコードを運び出したにちがいない。

世の中には、信じられないほどアホな男がいるものだ。自分が何をやっているか、わかっているのだろうか？　どんなごほうびをもらったか知らないが、純子の言いなりになり、「はい、はい」としっぽを振って、犯罪行為に手を貸すとは。

もちろん純子は、二度とおれを自分の部屋に入れることはなかった。残念ながらこっちは、彼女の部屋の合い鍵を持っていない。しかし、電話だけはつながった。というよりも彼女は、毎晩のように嫌がらせの電話をかけてきた。

「レコードって、けっこうかたいのねえー。ぜんぶ割るのに、ひと苦労だったわよ」とか、「もうぜんぶ、中古レコード屋に売っちゃった。おかげさまで毎日、ぜいたくさせてもらってるわ」とか……。

おれをいびるときの純子は、これまでとはうって変わって饒舌《じょうぜつ》になった。おれは毎晩、胸をかきむしられるような思いだった。

どんな屈辱を受けようが、とにかくレコードを取り返さねばならなかった。おれは純子の嫌がらせにひたすら耐えた。そして今にも爆発しそうな怒りをぐっとおさえ、極力下手に出て純子をなだめすかし、少しでも冷静になってもらおうと、がまん強く説得をくり返した。

一週間ほど説得を続けたが、まったく効果がなかった。それどころか、純子の嫌がらせは、ますますエスカレートしていった。おれはついに、警察に被害届を出しにいくことにした。できればそんなことは、したくはなかったが。

しかし、考えが甘かった。警察官たちは、まったくとりあってくれなかったのだ。純子がしでかしたことは、どう見ても立派な不法侵入であり、窃盗《せっとう》だった。けれども彼らは、「そんな恋愛のいざこざにつきあっている暇はない」と、おれの訴えを一蹴《いっしゅう》した。

おれは途方に暮れた。

その晩、おれはテツに電話をかけた。

テツは中学時代からの友人で、おれ同様いつまでたっても職に就《つ》かずにふらふらしている、いわゆるモラトリアム人間の一人だった。

おれとテツは気が合った。というよりも、同じ穴のムジナということで、ときおりどちらからともなく電話をかけ、お互いの存在を確認しあって安心していたのかもしれない。

――ああよかった。ふらふらしているのは自分だけじゃない、と。

「やあ、元気？　何か仕事でも見つけた？」

「あいかわらず、なーんもしてないよ。そっちは働きはじめたのかい？」

「まさか。それよりおれは今、ひどい目に遭ってるんだ」

「おっ、ひさびさにおもしろい話が聞けそうだな」

「おもしろいなんて、冗談じゃない。こっちは毎日、死にそうにつらい思いをしてるんだから」

「まあ、ゆっくり話を聞かせてくれよ」

おれはことの一部始終を、テツに話して聞かせた。やはり熱狂的な音楽ファンであるテツには、おれの気持ちは痛いほどよくわかるはずだ。それなのにテツの野郎は、やっぱりおもしろがっておれの話を聞いていた。

「いやー、恐ろしい、恐ろしい。で、これからどうするつもり?」

話を聞き終えたテツが、おどけた口調で言った。

——まったく、他人事《ひとごと》だと思いやがって。

「わからないから、こうやって相談してるんじゃないか」

おれは、ムッとして言った。

「まあまあ、冷静に。それにしてもムズカシイ問題だな。なにしろ相手は、おまえの大切なレコードを自分の手元に置いている」

「そうなんだ。ヘタに手を出すと、レコードに何をされるかわからない」

「そうね……『レコ質《じち》』ってわけか」

「なんだ、そりゃあ?」

「人質じゃなくて、『レコ質』さ。おまえにとっちゃレコードは、恋人よりも大切なものだろうからな、ハハハ」

「笑ってる場合じゃないだろう!」

おれはかなり頭にきて言った。しかし、言われてみれば、まさに「レコ質」であった。

「いや、悪い、悪い。なんか情景が目の前に浮かんできちゃって……」

「まじめに考えてくれよ。いったいおれは、どうしたらいいんだ?」

テツは、ちょっと考えてから言った。

「たぶん彼女は、レコードを捨てたりしないいんじゃない？　やっぱ、ほとぼりが冷めるまで待つしかないよ。いつか彼女も許してくれるさ。それまで、がまんするしかないね。そう、じっとガマン、ガマン」

おれはため息をついて、受記器を置いた。


——ひと夏じゅう、おれはテツの言うとおり、がまんにがまんを重ねた。「レコ質」を全員無事、救出するために。

電話口で純子にさんざんののしられても、おれはひたすら卑屈な態度をとりつづけた。「ほんとうに、すみませんでした」「心から、反省しています」「お願いですから、返してください」と、オウムのようにくり返した。とにかく、がまんするしか手がなかった。

ときどき、おれはとても空《むな》しい気持ちになった。だって、「レコ質」が無事であるという保証は、どこにもないのだから。

食欲もないし、パチンコにもぜんぜん身が入らない。おれはなにごとも手につかなくなってしまった。だいいち、いつもだったらこんなときにこそ心の慰めになってくれるレコードが、ただの一枚もないのだ！

パチプロたちも友人たちも、おれのやつれ果てた顔を見て、驚いた。何か悪い病気にでもかかったのではないか、と。たしかにおれは、半病人のような生活を送っていた。頭の中にあるのは、「いつか絶対に、おれのレコードを取り返してやる」という思いだけだった。

夏も終わりに近づくと、さすがにおれをいびることに飽きたのか、純子の態度は軟化してきた。ときにはおれの冗談に笑うようにもなった。けれども彼女は決して、気を許さなかった。レコードの話になると、彼女は頑としてとりあおうとしなかった。ただ、自分の部屋にレコードを置いてあることだけは、認めるようになった。

結局一か月以上粘ってみたが、純子はパチンコ台のようにはいかなかった。あきれるほど頑固で執念深い女だ。このままでは一年粘っても、二年耐えても、いや、もしかしたら永久に、おれのレコードは返ってこないかもしれない。

夏休みの終わりに、おれはついに、自分の手でレコードを取り戻そうと決心した。しかしながら「レコ質《じち》」の安全を考えると、強攻策には出られなかった。焦って無理をしたら、これまでの苦労がすべて水の泡だ。とにかく、慎重を期さねばならなかった。

おれはない知恵をしぼり、必死に「レコ質救出作戦」を考えた。

九月はじめ、ついに純子と会うことになった。

ある夜、電話をかけてきた純子は、卒論で使う英語の文献に頭を悩ませていると言った。このところ大学にまったく顔を出していないので、卒論の担当教官が「これを読んでおくように」と、文献を送ってきたのだそうだ。

英文科のくせに、純子は英語が得意でないようだった（まあ理系のおれが、コンピューターが苦手なのと一緒だが）。おれはチャンス到来とばかり、すかさず翻訳を買って出た。レコードを取り戻すためなら、なんだってやるさ。

おれは純子と、喫茶店で待ち合わせした。

純子に会うのは、ひと月半ぶりだった。こっちはげっそり瘦《や》せてしまったのに、憎たらしいことに純子の頰《ほお》は、以前よりさらにふっくらとしていた。まさか、ほんとうにレコードを売り払って、毎日うまいものを食べているのではなかろうな、とおれは少々不安になった。

おれはあくまで愛想よくふるまい、徹底的に純子にこびへつらった。プライドなど、もうとうに、かなぐり捨ててしまっていた。

純子は女王様気取りで、まるで家来に命令するかのように、おれに英語文献の束を押し付けた。しかしそれは、作戦がうまくいっている証《あかし》でもあった。とにかく少しでも、彼女を油断させることがポイントだ。

おれは「はい、はい」と、バカみたいにニコニコしてうなずきながら、ただひたすらチャンスを待った。

彼岸に入る少し前、おれと純子はいつもの喫茶店で、三回目の待ち合わせをした。

おれはただ翻訳するだけでなく、ごていねいに論文の趣旨や要点まで、時間をかけて説明してあげた。

――おれは、純子様の奴隷だ。彼女のお望みとあれば、どんなことでもいたしますとも。

この手にレコードを取り戻すまではね。

小一時間ほど説明したところで、純子は「ちょっと待って」と言って、トイレに走っていった。彼女は無防備にも、手提げカバンを椅子《いす》の上に置きっぱなしにしていった。

――待ちに待ったチャンスの到来だ。

おれは胸を躍《おど》らせた。純子がアパートの部屋の前で、手提げカバンから鍵を取り出す姿を、何度も見ていたからだ。

純子がトイレに消えるのを確認すると、すかさずカバンの中を探った。あっけないほど簡単に、鍵は見つかった。おれはジーンズのポケットに、そっと彼女の部屋の鍵をしのばせた。

そして、キャメルの箱から煙草を何本か抜きだし、残り二本にしておいた。

純子が戻ってくると、おれは何食わぬ顔をして論文の説明を続けた。彼女も熱心に聞いていた。十分ほどして煙草が切れた。いや、わざと切らした。おれはさりげなく立ち上がった。

「ちょっと煙草を買ってきますから、ここのところを見ておいてください」

そう言って、おれはテーブルから離れた。純子は下を向き、おれがピンクのマーカーで印をつけた箇所を、どれどれと読みはじめた。

もちろん喫茶店を出るや否や、おれは猛然とダッシュして金物屋に駆けこみ、合い鍵を作ってもらった。そして帰りがけに、自動販売機で純子の分まで煙草を買って、喫茶店に戻ってきた。その間、およそ五分であった。

「遅かったじゃない」

純子が、プーッと頰《ほお》をふくらませて言った。

「すみません、近くの自動販売機は品切れだったもので……。ついでといってはなんですが、純子さんのも一箱買ってきました。はい、どうぞ。セーラム・ライトでしたよね」

「やけに気がきくじゃない」

純子にジロッとにらまれ、おれは一瞬ドキッとしたが、とにかく冷静をよそおった。

「いやまあ、ついでですから……。それより、さっきのところ、わかりました？」

その後も一時間ほど、文献の解説を続けた。純子はとくに疑っていないようだった。

喫茶店を出ると、おれは純子の横に並び、彼女の手提げカバンの中に、拝借していた鍵をすべりこませた。彼女はまったく気づかなかった。

「わからないことがあったら、いつでも電話してください」

おれは愛想よく、純子に別れの挨拶《あいさつ》をした。

——やれやれ、なんとか第一関門をくぐり抜けた。


さて次の問題は、いかなるタイミングで純子の部屋に突入し、「レコ質《じち》」を救出するかであった。

純子本人の話からすると、このところ、ほぼアパートにこもりきりのようである。彼女は気が向いたときしか受話器を取らないから、電話で不在を確かめることもできない。それに用もないのに何度も電話をかけたら、すぐにあやしまれてしまうだろう。

失敗は許されなかった。「百パーセント、純子は不在である」という確信がなければ、アパートに突入すべきではない。万が一、部屋で純子とはち合わせになったら、取り返しのつかないことになる。今度こそ彼女はおれのレコードをすべて、粉々に砕いてしまうだろう。

結局、純子を部屋からおびき出すしかないという結論に達した。「レコ質」を救出するためには、彼女をおびき出し、その場所にしばらくとどめておく必要があった。そのためには、やはり第三者の協力が必要だ。そう、純子が男と共謀しておれのレコードを奪っていったように。

おれはさんざん思案した末、家庭教師をしている家の母親に協力をお願いすることにした。その母親は、ぴちぴちとよく太って、底抜けに明るく朗らかで、肝っ玉かあさんみたいな人だった。世話好きで、一人暮らしのおれになにかとよくしてくれた。仕事のあとには夕食を出してくれたし、仕事でない日曜の夜なども、「一人じゃ寂しいでしょう」と、家に招いてご馳走《ちそう》してくれた。

肝っ玉かあさんは、見た目こそ純和風だが、作る料理は洋風のしゃれたものが多かった。食後には、毎回ちがう種類の手作り菓子が出てきて、余るとみやげに持たせてくれた。彼女の作った料理や菓子はどれもうまかったが、なかでもチェリーパイはとびきりだった。

家には、教え子の中学生の男の子と小学生の妹がいたが、夫は単身赴任中で会ったことがなかった。彼女はおれのことを「圭一さん」と呼んだ。年上の人に「先生」と呼ばれるよりはマシだったが、「圭一さん」と呼ばれるたびに、おれはなんだかくすぐったくてしょうがなかった。

その晩もいつもどおり、肝っ玉かあさんは夕ご飯をご馳走してくれた。子供たちが自分の部屋へ行ってしまうと、おれはさっそく彼女に相談を持ちかけた。ただでさえ彼女の好意に甘えてばかりなのに、これ以上世話になるのは気が引けたが、とにかくお願いしてみるしかなかった。

はじめはニコニコ笑っていた肝っ玉かあさんだが、途中から目を真ん丸にしておれの話に聞き入りだした。

おれがすべてを話し終えると、彼女は「ふうっ」とため息をついて、こう言った。

「それにしても、びっくりねえ。圭一さんって、とてもまじめそうに見えるのに……。パチプロをやってるようにも、どろどろした女性関係があるようにも、ぜんぜん見えやしないわよ」

さすがに驚いたのだろうか。彼女のしゃべり方には、いつもの歯切れのよさがなかった。

「はあ……そうですか。でも実際、ちっともまじめなんかじゃないんです。なに考えてるのかわからないって、よく言われます」

「でもねえ……どうも今回のことは、圭一さんにも問題があるみたいね。それに私だって、ごたごたに巻きこまれるのは嫌よ。彼女に恨まれたくないしね」

肝っ玉かあさんは、どうしたものだろうかと迷っている様子で、慎重に言葉を選びながら話した。

「自分が悪いのはわかっていますし、虫のいい話だと思います。でもどうか、協力していただけないでしょうか。お願いします」

おれは必死に頭を下げた。

肝っ玉かあさんはしばらく考えこんでいたが、やがて「ホントにまあ、しかたがない人ね」という顔をして言った。

「わかったわ。私にうまくできるかどうかわからないけど、とにかく彼女に会ってみましょう」

一週間後、おれは純子を肝っ玉かあさん主催のケーキパーティーに誘った。パーティーといっても、出席予定者は三人だが。

純子は料理が苦手だが、なぜか菓子作りだけには興味があった。最初は渋っていた純子だが、肝っ玉かあさんお手製のチェリーパイがどんなにおいしいか、とくと話して聞かせると、「じゃあ、ケーキを作ってるとこ、見せてもらいにいこうかな」と言いだした。

九月最後の木曜日、純子と駅で待ち合わせした。まずまずの天気だった。

雨が降らなくてホントによかったな、と思いながら、おれは純子と二人で肝っ玉かあさんの家へ向かった。

肝っ玉かあさんは満面に笑みをたたえ、おれたちを迎えてくれた。

「あらあら、二人で仲よくお出ましね」

——仲いいわけ、ないでしょう。

「はじめまして、あなたが純子さんね。圭一さんから、お話はうかがってますよ」

——たのむから、口をすべらせたりしないでね。

「さっき準備を始めたところだけど、あなた、お菓子作りが好きなんだってね。よかったら、手伝ってくれる？」

肝っ玉かあさんは、さっそく純子をキッチンに招き入れた。

心配するようなことは、まったくなかった。肝っ玉かあさんはよけいなことは何もしゃべらなかったし、純子はすぐに彼女に心を開き、楽しそうにケーキ作りを手伝いはじめた。

肝っ玉かあさんには、自分のまわりにいる人を皆リラックスさせ、いつのまにか明るい気持ちにさせてしまうという天賦《てんぷ》の才能がそなわっているようだ。おれがいっぱしの大人になったとしても、とても彼女のような芸当はできないだろう。

おれはしばし本日の目的を忘れ、女二人で仲よくケーキ生地をこねている微笑ましい光景を、黙って眺めていた。

三十分後、ダイニングルームでテレビを見ていたおれを、肝っ玉かあさんが大きな声で呼んだ。

「圭一さん、悪いけどラム酒を買ってきてくれない？　ちょうど切らしちゃったのよ」

予定どおりだった。おれはキッチンに顔を出し、とぼけて訊《き》き直した。

「ラム酒、ですか？」

「そうよ。カスタードソースにラム酒を入れると、とても香りよく仕上がるの」

「わかりました。じゃあ、ちょっと行ってきます」

純子はチラッとおれのほうを見たが、すぐにまたケーキ作りに熱中しはじめた。

——さあ、いざ出陣だ。

おれは深呼吸を一つしてから、玄関へ向かった。そして、あらかじめ準備しておいた特大の手提げ袋を二つ、下駄箱から取り出し、やはりあらかじめガレージのすみに置いてあった自転車に、勢いよく飛び乗った。

純子のアパートのたたずまいは、二か月前となんら変わっていなかった。アパートの前の空き地では、子供たちが縄跳びをして遊んでいた。

おれは自転車を降りると、息を弾ませながら純子の部屋まで走っていき、鍵穴に鍵をさしこんだ。

扉はスムーズに開いた。緊張で、胸が張り裂けそうになった。はたしておれのかわいいレコードたちは、無事でいてくれるだろうか？

部屋に入っていくと、キッチンを通りすぎ、いよいよ寝室のふすまを開けた。

——純子のベッドのすぐ脇に三つのカラーボックスが置いてあり、三百枚のＬＰレコードはその中に、きちんと収まっていた。

おれは感激のあまり涙ぐみ、思わずカラーボックスごと、レコードたちを抱きしめた。

――おお、無事でいてくれたか……。

しかし、感慨にひたっている場合ではなかった。

おれは大急ぎで、二つの手提げ袋いっぱいにレコードを入れ、いったん純子の部屋を出た。そして一つの袋を自転車の荷台にくくりつけ、もう一つを前のかごに入れ、ハンドルをとられないよう十分注意しながら、駅へと向かった。

駅に着いて自転車を降りると、ずっしりと重い袋を両手に持って、コインロッカーまで歩いていった。そして、運んできたレコードを一枚残らず、ロッカーの中に収めた。

おれは大汗をかきかき、純子の部屋と駅のコインロッカーのあいだを行ったり来たりした。四度目の作業で、ようやくすべてのレコードを運び終えた。

ついに「レコ質《じち》」を全員無事救出し、おれはロッカーの前で、大きく安堵《あんど》のため息をついた。超特急で仕事をやってのけたが、時計を見ると、すでにまる一時間が経過していた。

おれは休む間もなく自転車をかっ飛ばし、肝っ玉かあさんの家へ戻った。そして、これまた下駄箱に隠してあったラム酒の袋を取り出すと、汗をふきながら家の中へ入っていった。温かく甘いケーキのにおいが、ぷーんと漂ってきた。

「いやー、まいりましたよ。ラム酒なんてしゃれたものは買ったことがないから、ずいぶんいろんな店を探しちゃいました」

頭をかきながらキッチンに入っていくと、すでにいくつかのケーキやパイが焼き上がっていた。学校がひけて家に帰ってきた女の子が、純子のとなりでしきりにはしゃいでいた。

女の子とおしゃべりしていた純子はこちらを振り向くと、大きな目でギロリとおれをにらんだ。

「ごめんなさい。お店の場所を教えておけばよかったわね。でも、どうもありがとう。これで最後のケーキも仕上がるわ」

肝っ玉かあさんが、おれに向かって小さくウインクしながら言った。

皆でテーブルを囲んで、午後のケーキパーティーが始まった。焼き立てのケーキとパイをご馳走《ちそう》になり、ミルクティーを飲んでホッとひと息つくと、じわじわと喜びがこみ上げてきた。

――これでもう、何も恐れることはない。何も心配する必要はないのだ！

いっぽう純子は、女の子の相手をしながらも、そわそわと落ち着きなく、おれの様子をうかがっていた。明らかに彼女の頭の中は、疑いの念でいっぱいになっていた。けれども、そんなことは知ったこっちゃない。レコードたちは今や、ご主人様のもとへ帰ってきたのだ。

純子はせっかく作ったケーキにほとんど手をつけず、用があると言ってそそくさと帰っていった。

おれはレコードさえ安全であれば、ほかのものはどうでもよかった。けれども、留守中に部屋を荒らされでもしたら面倒なので、やはり、ぼちぼち自分のアパートに帰ることにした。

「ありがとうございました。おかげさまでレコードは、無事、取り戻しました。ほんとうに感謝しています」

おれは玄関で肝っ玉かあさん、いや、お母さまに頭を下げた。

「そう、よかったわね。お役に立てて私もうれしいわ。だけどね……」

彼女はめずらしく、少し寂しげな顔をして言った。

「純子さん、とても素直でいい娘さんだったわよ」

「もちろん、彼女にもいいところはあるでしょう。だけど、あんなことをやらかすなんて、やっぱりまともじゃないですよ」

「そうかしら……。でもね、あなたは幸せな人よ」

「幸せ？　こんな目に遭っても、幸せなんですか？」

「そう思うわ。圭一さんは気づいていないでしょうけど」

「とにかく、ほんとうにありがとうございました。そうそう、克也君に今度はちゃんと宿題をやっておくよう、言っておいてください」

「はいはい、しっかり伝えておきますよ。今日は疲れたでしょう。気をつけてお帰りなさい」

肝っ玉かあさんは、ケーキとパイの入った紙袋をさしだし、にっこりと笑った。

おれは夕方の心地よい風を受けながら、ひさしぶりに晴れ晴れした気分で自転車を漕いだ。でも、肝っ玉かあさんのひと言は、妙に心にひっかかっていた。


その晩、純子はおれのアパートにやってこなかった。彼女から電話がかかってきたのは、深夜になってからであった。

「もしもし……」

彼女は泣いていた。

「よくも……だましたわね」

「しかたがないよ。もともとレコードはおれのものだからね。これであんたも犯罪者にならずにすんだってわけさ」

「なによ……犯罪者は……そっちじゃない」

「ふーん、そうかな。まあ、しばらく頭を冷やすことだね」

純子はそれ以上、何も言わなかった。

受話器の向こうからは、ただ「グスン、グスン」と、鼻をすする音が聞こえてくるだけである。さすがにかわいそうになってきたが、どうにもしようがなかった。

――純子にはもう、会わないほうがいい。いや、二度と会ってはいけないのだ。

「もしもし」と三度呼びかけ、返事がないことを確認すると、おれは受話器を置いた。

呼び出し音はもう、鳴らなかった。


翌日、おれはさっそく、となり駅の不動産屋へ足を運び、その日のうちに新しい引っ越し先を決め、契約を交わした。

引っ越し先の鍵をもらうと、おれはまずコインロッカーへ向かった。そして昨日と同じようにロッカーとアパートのあいだを四往復し、預けていたレコードをすべて、新しい部屋へ運び入れた。

そして翌々日の土曜日に、おれはさっさと荷物をまとめ、新しいアパートへ引っ越した。

あらかじめ準備しておいたとはいえ、われながら見事なまでの早業《はやわざ》だった。

新しい部屋の壁にはなぜか、姿見の大きな鏡が掛かっていた。前の住人が置いていったものらしい。鏡に映った自分の姿を見て、おれは思わずため息をついた。白髪が一気に増え、情けないくらいのゴマ塩頭になっていたのだ。

日曜日は朝から引っ越しの荷物をほどき、新しい住《す》み処《か》の整理をした。午後になり、ようやく格好がついてきたので、おれは散歩もかねて駅方面へ買い物に出かけた。

よく晴れた日だった。

けれども昨日までとはちがい、吹く風は肌にひんやり感じられ、空気は澄んでいた。いつのまにか、すっかり秋になっていたのだ。なんだか、ずっと靄《もや》がかかっていたおれの頭の中まで、クリアになっていくような気がした。たしかに昨日までの自分とは、何かがちがっていた。

おれは立ち止まると、空に向かって大きく伸びをした。そしてまた、ゆっくり歩きはじめた。

――もう明日から、十月なんだなあ。十月一日といえば……。

なぜか突然、明日が世にいう就職活動の解禁日であることを思い出した。そんなことを意識したことは、これまで一度もなかった。

――そうだな……。よし、おれも明日からやってみるか！

おれは生まれてはじめて、まっとうに働こうという気になった。

4　ホワット・ゲーム・シャル・ウィ・プレイ・トゥデイ

殺人的な朝のラッシュからようやく解放され、圭一は、はじき出されるようにして東京駅のホームに降り立った。そして、それぞれの目的地へと急ぐサラリーマンの群れにまじり、八重洲口《やえすぐち》へ向かって歩きはじめた。

一か月も朝の中央線快速に乗りつづけると、圭一はもうこの非人間的な通勤ラッシュに対し、何の疑問も、憤りも、感じなくなっていた。

思いきり足を踏んづけられようが、背広のボタンを飛ばされようが、いちいち腹を立ててはいけない。そう、自分も、まわりの人間たちも、なんの感情も持ち合わせないただの石ころなのだ——そんなふうに思わなければ、やっていられなかった。

圭一は、八重洲口の地下街へ入っていった。

「今日はどの店で、モーニングサービスを食べようか」と思案するのが、朝の唯一の楽しみである。ある店は、ホットサンドのハムが厚かったし、またある店のサラダには、たっぷりとツナが入っていた。

圭一は、やや奥まったところにあるこぎれいな喫茶店に入り、ひと息ついた。そこは、クロワッサンがとてもうまい店だった。けれども朝の平和なひとときは、いつもあっというまに過ぎてしまう。圭一は、重い腰を上げた。

地上に出て外気にふれたとたん、ピリッと緊張が走り、体がガチガチにかたくなっていくのを感じる。通勤電車には慣れても、会社にはなかなか順応することができずにいた。

圭一はカバンからウォークマンを取り出すと、イヤホーンを耳にさしこんだ。八重洲口から八丁堀《はっちょうぼり》の会社へは、歩いて十分ちょっとである。その間、少しでも緊張を和《やわ》らげるために、なるべく明るくさわやかで、おおらかな気分になれる曲を聴くことにしていた。

躍動感あふれるチック・コリアの『ホワット・ゲーム・シャル・ウィ・プレイ・トゥデイ』に耳を傾けながら、「今日も何か新しいことが、おれを待っているさ」と、自分に言い聞かせる。

それでも会社に近づくにつれ緊張は高まり、ドックン、ドックンと心臓の鼓動が聞こえてくるようだった。

九階建てのビルの前で立ち止まると、圭一はイヤホーンをはずし、無理やり「えい！」と気合を入れてビルの中へ入っていった。

エレベーターに向かいながら、会社の先輩たちに、何度も「おはようございます」とくり返す。まわりはみな先輩だから、知らない顔でもとにかく挨拶《あいさつ》しておくべきだった。けれども緊張のあまり、圭一の声はいつもかすれていた。

「ようっ」と守衛のおじさんが、こちらに向かって手を上げた。

一瞬、緊張が解け、ホッと心がなごむ。入社一か月ですでに毎晩のように残業しているため、守衛のおじさんとは、すっかり顔なじみになっていたのである。

五階でエレベーターを降り、原料部のフロアに入っていくときに、緊張はピークに達する。原料部で働く五十人ほどの社員のうち、すでに半分近くが出社していた。

そのぶち抜きのフロアは、一流企業のようにだだっ広くはないが、かといって、こぢんまりもしていない。五十人全員の顔が見渡せて、どこにも逃げも隠れもできない——ちょうどそんな広さのフロアだった。ここでもまた、圭一は情けないほど小さな声でもごもごと、「おはようございます」をくり返すのであった。

まずは自分の所属する石油グループへと向かい、課長に挨拶をした。そのまま自分のデスクに着席するのもなんだか落ち着かなかったので、圭一はこそこそとファックス機へ向かい、石油グループ宛の送信物をチェックした。

「元気出せよ！」

優に百キロは超えていると思われる巨漢の先輩が、書類を取り分けている圭一の背中を、いきなりドンと押した。

不意を突かれあわてた圭一は、手にしていた書類をあたりにまき散らしながら、トットットッとつんのめっていった。

となりでコピーをとっていた女子社員が、プッと吹き出した。

一九八五年春、圭一はパチプロ生活から足を洗い、ある中堅どころの商社に就職した。すでに二十六歳になっていた。

去年の十月一日、圭一は突然、就職活動を始めた。当時、「就職活動の解禁日は十月一日」という決まりがあったからだ。しかし会社四季報を買ってきて、いざ会社に電話をかけてみると、ほとんどの人事担当者に冷たくあしらわれた。

「もう何か月も前に、内定者は決まっていますよ」

「今ごろ、何を寝ぼけたこと言ってるの？」

「まあ来年、がんばってください」

――解禁日なんて、大嘘《おおうそ》じゃないか！　人をバカにしやがって。

圭一は無性に腹が立った。

けれども、いつか千夏が言っていたように、それが社会というものかもしれない。世間知らずの圭一は、「本音と建て前は食いちがうのが当たり前」という世の中の仕組みを実感することなく、この年まで生きてきたのだった。

それでも圭一はめげることなく、かたっぱしから電話をかけていった。三日間電話をかけまくると、さすがに数社からお呼びがかかった。

面接試験を受けるのは生まれてはじめてだったので、圭一はコチコチにかたくなった。面接官はどういうわけか、訊《き》かれても答えようのない質問ばかりしてくるので、圭一は何度も黙りこくってしまった。

「あなたの成績は、どうして『可』ばかりなのですか？」

——そんなこと、大学の教官に訊いてください。

「あなたは会社のために、何ができますか？」

——働いてみなければ、わかりません。

「あなたの将来のビジョンを、聞かせてください」

——明日のことだってわからないのに、ビジョンなんてとんでもない。

しかし、ずっとパチンコ屋にこもっていた圭一には、毎日ちがう駅に降り立ち、いろいろな会社を訪問することは、とても新鮮に感じられた。圭一はあれほど敬遠していた就職活動を、なんだかんだ言って楽しんでいた。

やがて二、三の会社が、大学院を中退してパチプロになったという圭一の経歴に興味を持ってくれた。そのなかからこの会社を選んだのは、とても単純な理由だった——女子社員が多かったからである。圭一にはこの会社で働くたくさんの女子社員が、とてもまぶしく見えたのだ。

高校は男子高だったし、通っていた大学の工学部には、女子は百人当たり、せいぜい二、三人しかいなかった。パチプロたちもやはり、男ばかりであった。むさ苦しくて、不自然きわまりない野郎ばかりの世界は、もうこれ以上ゴメンだった。

一度でいいから、男女が自然に交じりあって生活している環境に身を置きたい、と圭一は願っていた。しかしメーカーに就職すれば、工学部出身の自分は結局、工場か研究所での勤務となるだろう。そしてそこはまちがいなく、反吐《へど》が出るほどうんざりしている男社会なのである。

だから圭一は就職先として、女子社員の多いこの商社を選んだ。ただそれだけのことだった。不謹慎といえば不謹慎だが、考えようによっては、とても純粋な理由であった。

けれども実際に働きはじめてみると、圭一はずっと緊張しっぱなしで、せっかく与えられた環境を楽しむ心のゆとりはなかった。それに毎日、目が回るほど忙しくて、ゆっくり女性を観察している暇もなかった。

会社での一日は、とにかく目まぐるしかった。見るのも聞くのもはじめてのことばかりで、もともと不器用な圭一は、何をするにも人一倍、時間がかかった。

配属先の石油グループには、課長、係長、直属の上司、女性社員二人、および新入社員の圭一と、六人のメンバーがいた。

圭一は、バンカー・オイルと呼ばれる船の燃料油の担当となった。石油会社から買い付けたバンカー・オイルを船会社に売るのが石油グループの仕事であるが、新人の圭一がまかされたのは売買の交渉ではなく、日々のデリバリー業務であった。

具体的に言うと、全国の各港に立ち寄った船に燃料を補給するため、石油会社の備蓄タンクがある出荷地から港まで、バンカー・オイルの輸送を手配する仕事である。一艘《そう》一艘の船の動静を毎日チェックし、それを供給元の石油会社や、オイルを実際に船まで輸送する艀《はしけ》業者などに連絡する。もちろん、実際に現地に出向くわけではなく、これらの仕事はすべて電話連絡で行われる。

午前中はずっと、電話が鳴りっぱなしである。

圭一のデスクの右端には内線電話が、左端には直通電話が置いてあり、二台の電話が同時に鳴ることもしょっちゅうだった。上司へのとり次ぎ電話もやたら多く、メモをとっている最中に、もう次の電話が鳴った。圭一はもともとしゃべるのが苦手なほうだから、はじめのうちは何かと苦労が多かった。

たいていの取引先の男たちは、とくに問題なく電話に応対してくれた。しかしなかには、不慣れな圭一の揚げ足をとっておもしろがる者もいたし、わざと燃料油を出し渋って意地悪をする男もいた。とにかく高飛車な態度に出て、いばり散らさなければ気がすまない男もいた。

圭一は不思議でたまらなかった。どうしてこの男たちは、気持ちよく仕事をしようとしないのだろう、と。少なくともパチプロの世界には、そんなひねた心の持ち主はいなかった。

取引先の新人をいびったところで、なんのメリットもないのだ。たぶんこいつらは、日頃たまったうっぷんを弱い者に発散させるしか能がない小心者なのだろうと、圭一は自分に言い聞かせた。そんなヤツらにいちいち腹を立てるのは、時間と労力のムダ遣いだった。

ようやく電話が落ち着くころには、もう昼になっている。お待ちかねのランチタイムだ。八階の社員食堂に行くたびに、圭一はこの会社に入ってよかったなあ、とつくづく思うのである。二百円の食券一枚で、ごはんは食べ放題、おかずも二皿選べる。

おかずは常時、四皿ほど用意されていて、味、ボリューム共に申し分なかった。ロールキャベツやハムカツなどの洋食もいけたし、築地《つきじ》が近いためか、煮魚や焼き魚もとてもうまかった。カレーライスもベーシックで飽きのこない味だった。毎日つい欲張って食べすぎてしまうので、圭一は会社に入ってから、三キロも体重が増えてしまった。

午後はたいてい、マンツーマンの上司である野田のあとについて、得意先を回った。

野田は圭一より二つ年上で、入社六年目であった。快活で、ダハハとよく笑い、その言動は、とてもわかりやすかった。取引先の石油会社や船会社の担当者には総じて受けがよく、少なくとも仕事においては、「ナイスガイ」という言葉がぴったりはまっていた。

野田は常に情熱を持って仕事に向かっていたが、決してビジネスライクではなく、浪花節《なにわぶし》的な一面も持ち合わせていた。得意先の夜の接待で、しょっちゅう二日酔いになり目を充血させていたが、毎晩ボロボロになるまで飲みつづけていることを、むしろ自慢に思っているようなところがあった。

ある意味、野田は絵に描いたような日本の商社マンであった。

野田は圭一に、細かい仕事のノウハウは教えなかった。おれのやり方を見て、徐々に学んでいけばいいというスタイルだった。のんびり屋の圭一にはありがたいことだったが、正直、野田と取引先の担当者との会話はちんぷんかんぷんで、圭一は眠くてしかたがなかった。

野田が二日酔いでまいっている日は、得意先回りの合間に日比谷公園で昼寝をしたし（野田は基本的にまじめだから、せいぜい三十分くらいだが）、あまりに暑い日は、喫茶店に入って涼むこともあった。

自分も野田と同じようなタイプの商社マンになりたい、とは思わなかった。けれども圭一は、取引先の年配の男たちにも臆することなく交渉を持ちかけ、なおかつ彼らと五分《ぶ》に渡り合う、そんな野田を頼もしく思ったし、また尊敬もしていた。

外回りをしない日は、社内にとどまって事務仕事の勉強をした。事務的な仕事に関しては、となりに座る入社三年目の桃子が、マンツーマンで教えてくれた。

桃子は圭一より四つ年下だが、もちろん会社の先輩であり、ある面、野田よりはるかに厳しい上司であった。いつもぴんと背筋を伸ばし、ハキハキと話し、電話の受け答えも圭一とは比べものにならないほどしっかりしていた。仕事もきっちりこなし、妥協は許さなかった。

「カワフチさん！　ホントにもう、困るんですぅ！」

何か失敗をやらかすたびに、桃子は眉をつり上げ、圭一のいいかげんさを叱《しか》った。ズボラな圭一にとって、彼女は社会人として見習うべき点が多々ある、ありがたい先輩ではあった。

桃子はほんとうはやさしい人なのだが、あまりにもテキパキと仕事をこなすため、のんびり屋の圭一は、なんとなく彼女に気後《きおく》れしてしまうのであった。

圭一が煙草をふかすたびに、桃子は「ゴホン……ゴッホン」と、大きく咳払《せきばら》いした。もちろん、彼女はわざと咳払いしていたわけではない。けれども圭一は、桃子がいつ咳払いするかとビクビクしながら煙草を吸った。おかげで入社一か月にして、圭一は煙草とおさらばできた。

圭一にとって一番頭が痛いのは、夜の事務処理だった。昼間に実行した仕事の記録や種々のデータをコンピューターに入力するのが主な作業だが、理系のくせにキーボードに触れたことがなかった圭一は、右手の人差し指一本で膨大《ぼうだい》な時間をかけ、こつこつとデータを入力していった。

それでも、夜の接待で上司たちが出払っている日は、まだよかった。誰にもじゃまされることなく仕事に集中し、九時過ぎには仕事を終えて帰宅できたからである。問題は、接待がない日であった。

野田はたいして仕事があるとは思えないのに、ほかのグループの若い社員たちとムダ話ばかりして、いつまでも帰ろうとしない。かといって、圭一の仕事を手伝ってくれるわけでもない（野田もコンピューターが苦手なのだ）。そのうちに決まって、野田が言いだす。

「おい、カワフチ！　酒買ってこいや」

――あーあ、この忙しいときに……。また始まったよ。

「酒でも飲まなきゃ、やってらんねーよな。なあ、そうだろう？　ダハハ……」

――まったくだ。こんな上司を持ったら、とてもやっていられない。

昼間に感じた尊敬の念はどこへやら、野田はほんとうにうっとうしい上司だよな、と思う。

圭一はしぶしぶ仕事を中断する。そして会社を出て、ワンブロック先の「入船屋」という酒屋に向かって夜道を歩く。酒屋のオヤジが「おっ、今日もまた残業かね」と、ニコニコして迎えてくれる。圭一は野田に渡された三千円で、安いウイスキーのボトルと氷、缶酎《かんちゅう》ハイを何缶か、それにサキイカやピーナッツのつまみを買う。

会社に戻ると、待ってましたとばかりに男たちが買い物袋に群がってくる。そして、夜のオフィスでの即席宴会が始まる。

「カワフチ、おまえも飲め。まさか、つきあわないわけないよな」

なかば強制的に持たされた缶酎ハイを片手に、圭一はコンピューターとの格闘を再開する。

「なあカワフチ、原料部って楽しいだろう？」

野田がご機嫌で話しかける。

「あっ、はあ……。楽しいですよね」

圭一は画面から目を離さぬまま、愛想笑いをして答える。

「そうだろう。おまえもいつか、おれの気持ちがわかるようになるさ。ダハハ……」

――冗談じゃない。あんたの気持ちなんか、わかってたまるか。

圭一は集中を途切れさせないよう、必死にデータの入力を続ける。この男たちにつきあっていたら、十二時になっても帰れやしない。

圭一がこの会社に入ってホントによかったと思うのは、社員食堂へ向かうときともう一つ、休日にテニスコートへ出かけるときであった。

会社は自前のテニスコートを持っていた。それは緑に囲まれた閑静な土地にある、良質な三面のクレーコートだった。

環境がよいのは、もっともな話であった。なにしろそのコートは、総武線の本八幡《もとやわた》駅からバスに乗り換えて十五分、そこからさらに歩いて二十分という、見渡すかぎり畑の片田舎にあったからだ。圭一が住んでいた西荻窪《にしおぎくぼ》のアパートから、たっぷり二時間はかかった。

しかし、圭一は若かった。会社での残業が続いても、休日も平日と変わることなくきっかり七時に目を覚まし、意気揚々とテニスコートへ出かけていった。

休日の朝の電車は、平日とはうって変わってガランとしていて、すこぶる快適だ。本八幡の駅前で昼食のパンをどっさり買いこみ、バスと徒歩でコートに到着するころには、だいたい十時になっている。コートには、まだ誰も来ていない。圭一は、コート管理をお願いしているとなりの農家まで、鍵をもらいにいく。

テニスコートでの一日は、コート整備から始まる。

まずはコートのすみにおいてあるローラー付きトラクターに乗りこみ、スターターのひもをひっぱってエンジンをかける。そして、ダダダダダッと大きな音をたてながら、三面のクレーコートに丹念にローラーをかけていく。

圭一はローラーがけの作業が好きだった。トラクターに乗って無心にコートの上を行ったり来たりしていると、なぜか気分がとてもすっきりするのである。

ローラーをかけ終わり、コートをトンボでならすと、十分に時間をかけてストレッチ体操を行う。そしてネットを張り、スーパーの買い物かごいっぱいに入れたテニスボールを持ってくる。

ボール二かご分くらいサーブ練習をしたところで、先輩が車に乗って現れる。先輩は車の窓から顔を出し、こちらに向かって手を振る。

「よう、カワフチさん。今日も早いね！」

圭一は入社する前から、会社のテニス部に入ろうと決めていた。しかし会社というのは、なにかと面倒が多いところである。テニス部ひとつに入るのも、一筋縄《ひとすじなわ》ではいかないのだ。

なぜだか知らないが原料部には、「ここで働く者は皆、ラグビー部に入らねばならぬ」というしきたりがあった。実際このフロアで働く先輩たちは一人残らず、現役のラグビー部員か、あるいはＯＢであった。さらに悪いことに上司の野田は、ラグビー部のキャプテンをしていた。

原料部に配属されたもう一人の男性新入社員も、なんの文句も言わず、自動的にラグビー部に入部した。けれども圭一は、どうしてもラグビー部には入りたくなかった。真剣にテニスに打ちこみたいと思っていたからだ。

「カワフチ、おまえはラグビー部に入らなきゃならないんだ。いいかげんにおれの言うことを聞いたらどうだ」

あるときは営業活動の合間に、またあるときは飲み会の席で、野田は執拗《しつよう》に迫ってきた。

「いいえ。僕はテニスがしたいんです」

圭一も、ゆずらなかった。

「いいさ、テニスをやったって。だけど忘れるなよ、おまえは基本的にラグビー部員なんだ！」

片手間にラグビーなんぞやったら、いつか大けがをするのが関の山である。野田がいくら食い下がってこようとも、圭一は首を縦に振ろうとしなかった。

結局圭一は、ラグビー部に入部しなかった。それが何を意味するのか、もちろんわかっていたし、野田の顔をつぶすことになってしまい、申しわけなくも思った。しかし、誰がなんと言おうと、できないことはできなかった。

入社二か月目にして早くも、野田と圭一のあいだに、微妙なすきま風が吹くようになった。それでも圭一は、テニス部に入れて幸せだった。誰よりも多く部活動に出席したし、誰よりも長い時間、テニスコートに立っていた。

はっきり言って、圭一はかなり不器用である。中学までずっと肥満体だったため、昔から運動はからきしダメだったのだ。運動会や水泳大会は、身の毛がよだつほど嫌いだったし、学年でただ一人、運動部に入っていなかった。体育の成績も「3」以外取ったことがない(出席さえしていれば、どんなに実技がヘタクソでも、1や2はつかない)。

しかし、体力だけは人一倍あった。それまで運動らしい運動をした経験がないから、体力が有り余っていたのである。圭一は、長年くすぶっていた運動コンプレックスを吹き飛ばすように、今日までずっと温存してきた体力を、ここぞとばかりに発散させた。

とにかくどんなボールでも拾ってやろうと、圭一はコートの端から端まで、犬のように走りまわった。走ることが、楽しくてたまらなかった。先輩部員たちも、気が置けない愉快な人ばかりで、圭一を快く新入部員として迎え入れてくれた。

圭一は何もかも忘れ、日が暮れるまでコートの上を走りまわった。

本格的な夏を迎えるころになると、圭一はさすがに会社勤務に慣れてきた。しかし同時に、ピーンと張りつめていた緊張の糸もゆるみ、しだいに気分がだれていった。

この時期、せっかく新人をとったというのに、石油グループの利益はしだいに上がらなくなっていた。円高・ドル安が着実に進んできたからである。春には二百円台半ばで推移していたUSドルが、あれよあれよという間に値を下げていき、今や一ドル二百円を切ろうかという情勢になってきた。

不勉強の圭一に詳しいことはわからなかったが、バンカー・オイルの仕事の多くは、ドル建てで取引が行われていた。当然利益もドルで計算されるから、同じ仕事量をこなしていても、ドルが安くなればなるほど、自動的に利益が減っていくのだ。切ない話である。

しかしこの時点ではまだ、円高・ドル安傾向は一時的なものだろう、と見る向きも多く、石油グループ内にも、とくにピリピリしたムードは感じられなかった。野田たちはあいかわらず夜の即席宴会を続け、圭一のコンピューター入力のじゃまをした。

「おお、やった！　今晩も、バースと掛布《かけふ》のアベックホームランだぜ。ダハハ……」

圭一の物心がついてからはじめての、阪神タイガース絶好調のシーズンだった。にわかに阪神ファンとなった野田は、毎晩のようにナイター速報を電話で問い合わせては、隠れ巨人ファンの圭一の神経を逆なでするのであった。

夏も終わりの月曜の夜だった。圭一は中央線の最終電車で、やっと西荻窪の駅にたどり着いた。

先週夏休みをとっていた圭一には、いきなりのキビシイ一日だった。朝の会議はやたら長引くし、休みボケもあり、電話でもとちってばかりいた。夜になって、明日が提出期限の書類がたまっていることに気づき、青くなった。なんとか書類を仕上げたときには、十二時を回っていた。

圭一はため息をつきながらアパートへ向かって夜道を歩き、部屋の前までやってくると、ズボンのポケットを探った。

——あれっ……。まさか！

ふたたび、圭一は真っ青になった。しかし、いくらポケットを探ってみても、部屋の鍵は出てこない。

夏になってから毎週、圭一は月曜の朝にスーツの上着を手に持って出社し、上着をそのまま会社のハンガーに掛けっぱなしにしておき、金曜の夜にまた持って帰るというパターンをくり返していた。あまりに暑いので、月曜の夜から金曜の朝までは、シャツ一枚で通勤していたのである。

ところが今日に限ってなぜか、部屋の鍵をズボンではなく、上着のポケットに入れてしまったのだ。鍵を上着もろとも、会社に置きっぱなしにしてきたというわけだ。

――どうしよう。

圭一は途方に暮れた。

もう午前一時を回っているから、大家さんを起こすわけにはいかない。いつでも快く自分の部屋に泊めてくれるような恋人も、友人もいなかった。あいにく財布には千円札が一枚と小銭しか入っていないから、カプセルホテルにも泊まれない。となり駅まで行けば、二十四時間営業のファミリーレストランがあるが、そこまで歩いていく気力もなかった。

――しかたがない。朝になるまで、駅のベンチで休んでいよう。

圭一は、今日何度目かの大きなため息をつくと、とぼとぼと駅まで引き返していった。

酔っ払いが駅のベンチにもたれて眠りこけている光景を、圭一はこれまでに何度も見てきた。しかし、いざ自分が駅のベンチで一夜を明かす事態に直面してみると、それは思っていたほど簡単なことではなかった。

第一に、とても怖かった。真夜中だというのに、駅の周辺では人の行き来が絶えなかった。ふつうの酔っ払いのおじさんや、終電に乗り遅れた若者たちもいたが、なかにはホームレスや、一見してヤバイ風貌《ふうぼう》の男たちもいた。

第二に、夏とはいえ、半袖シャツ一枚では肌寒かった。圭一は、近くの自動販売機でワンカップ大関を買ってくると、無理やりグイッとあおった。しかし、体はいっこうに温まらず、緊張も解けなかった。

誰かが自分のほうに近づいてくるたびに、圭一は身をかたくし、万が一の襲撃に備えた。圭一には目もくれずに通りすぎていく男もいたし、ジロッとにらみつけながら、すぐ脇を通過していく男もいた。

つくづく惨《みじ》めだった。駅のベンチで夜を明かしている今このとき、自分の安否を気遣っている人は、誰一人いないのだ。

ほんとうに独りなんだなあ、と圭一はしみじみ思うのであった。

明け方近くになるとますます冷えこんできて、圭一はブルッと身震いした。これほど日の出が待ち遠しいと思ったことはない。

前方で、ガサガサッという物音がして、反射的に顔を上げた。見ると、一人のホームレスがゴミ箱をあさっていた。どこかで見たことがある背格好の男だった。ほどなく、圭一は思い出した。

――パチンコ屋でひたすら玉を拾いつづけていた、あのホームレス男だ。

ホームレス男は視線を感じたのか、こちらを振り向いた。男と圭一の目が合った。

なぜか圭一の胸は、懐かしさでいっぱいになった。と同時に、パチンコ屋でずっと彼を邪険に扱っていたことに対し、今さらのように後悔の念がわいてきた。

ホームレス男もやはり、圭一のことを思い出したようで、じっとこちらを見つめていた。

やがて彼の口元が、少しゆるんだように見えた。

圭一はホームレス男へ向かって歩いていき、ポケットに入っていた千円札をさしだした。

彼は小さくうなずくと、ほとんど聞きとれないような声で「ありがとう」と言った。それは圭一が耳にした、ホームレス男の最初で最後の声だった。

ホームレス男はゆっくり遠ざかっていき、圭一もまた、ベンチへ戻っていった。

結局、夜が明けるまで、圭一はまんじりともしなかった。


九月になっても、円高・ドル安傾向に歯止めはかからなかった。

おまけに圭一は、ある船へのバンカー・オイルの手配で大きなミスを犯し、石油グループに少なからぬ損害を被《こうむ》らせた。バンカー・オイル以外の事業も総じてうまくいっておらず、グループの情勢はだんだんと、抜き差しならないものとなってきた。

圭一の入社以来、石油グループに何もよいことは起こらなかった。圭一は、自分が貧乏神のような気がしてしょうがなかった。

この月、グループ内にさらなる異変が起こった。桃子がスチュワーデスの試験に合格し、九月いっぱいで会社を退職することになったのである。

なんでもテキパキとこなす桃子には、スチュワーデスの仕事はぴったりに思われたし、夢を実現させた彼女に敬意を表するべきであった。けれども圭一は、素直に彼女を祝福する気持ちにはなれなかった。

まったく利益を上げていない石油グループが、桃子が抜けた代わりの人員を確保できるはずもなかった。ということは、これまで彼女がやってきた事務的な仕事をすべて、自分が引き継がねばならないのである。圭一は、目の前が真っ暗になった。

はたして九月中旬から、とんでもない激務の日々が始まった。

圭一は、すべてのデータを一人でコンピューターにインプットし、経理部への申請書を指一本でタイプし、何度もくり返し電卓で収支を計算した。請求書を山のように作っては取引先に送付し、月末になると銀行に入出金の確認をした。もちろん今までどおり、午前中は電話に追われ、午後は取引先にテレックスやファックスを送信しつづけた。

会社での日常業務に精通した社員であれば、この程度の仕事は、「ちょっと忙しいかな」くらいの感じでこなせただろう。しかし要領の悪い一人の新人にとって、それはあまりに苛酷な仕事量であった。

すぐとなりでオフィスの即席宴会が始まろうが、誰かがちょっかいを出してこようが、もう相手にしている暇などなかった。

圭一は毎朝四時半に起き、六時前に出社した。会社に到着すると、真っ暗なフロアに電気をつけ、途中のコンビニで買ってきたパンをかじりながら、すぐさまコンピューターへ向かった。

夜は夜で、近所の「イコマ軒」から出前してもらった五目焼きそばの夕食をはさんで、脇目も振らずに残業を続けた。そして、午前零時十五分になると大あわてで店じまいをして、東京駅まで全力疾走し、零時半の終電に飛び乗った。

家にたどり着くとそのままベッドに倒れこんだが、どうやっても三時間以上は睡眠を確保することができなかった。いっそ、寝袋を持ってきて会社に寝泊まりしたいと課長に直訴したが、圭一の願いはあえなく却下された。

そこまでして働いても仕事が追いつかず、圭一は泣く泣く、土・日のどちらか一方を休日出勤に当て、まる一日会社で過ごした。一か月の残業は、優に二百時間を超えていた。

しかしどんなに忙しくても、残された一日の休日には、圭一は必ずテニスコートへ出かけていった。テニスだけは、意地でも続けたかったのだ。

そんな毎日だから、守衛のおじさんとは、ますます仲よくなった。夜の十一時過ぎになってほかの社員が帰ってしまうと、守衛のおじさんはわざわざ五階まで上がってきた。

「あんたはきっと将来、大物になるよ」

そう言って、おじさんはニコニコしながら、圭一に菓子の入った包みを渡してくれた。

自分が会社で出世するタイプでも、人の上に立つタイプでもないことを、圭一はもう十分わかっていた。けれども、おじさんの気持ちは大変にうれしく、菓子もありがたくちょうだいした。

ある夜おじさんは、冷凍庫の製氷皿で作ったというお手製のコーヒー・アイスキャンデーを持ってきてくれた。おじさんの作ったアイスキャンデーは、なぜか歯磨き粉の味がした。

あまりの忙しさと睡眠不足で、ときどき頭がぼうっとして、何も考えられなくなることがあった。

そんなとき、圭一はデスクを離れ、オフィスの裏にある給湯室へ向かった。そこにはテラスに通じる扉があったからである。扉を開けて猫の額《ひたい》ほどの狭いテラスへ出ると、圭一は手すりにもたれ、ただぼんやりと外の景色を眺めるのであった。

ある日、いつものようにぼうっとテラスに立って風に吹かれていると、野田が血相を変えて飛んできた。

「カワフチ！　おまえ、大丈夫か？　早まるんじゃないぞ！」

どうやら、給湯室でお茶をいれていた女子社員が、テラスに立ちつくす圭一の姿を見て勘ちがいしたらしい。「大変！　カワフチさんが、思い詰めた顔をしてテラスに立っている」と、彼女は野田に報告したのだった。

圭一は思わず苦笑いし、

「なんでもないですよ」

と答えた。しかし考えてみれば、勘ちがいされてもなんの不思議もないほどの常軌を逸した忙しさであり、また、疲れ果てたわが姿であった。

いくら不慣れな一年目の社員とはいえ、圭一がここまで忙しいのには、わけがあった。

圭一はほとんどの書類を、二通り作っていた。いや、作らされていたのである。すなわち、石油グループのメンバーだけが見る「真実」の書類と、グループ以外の社内用に作り上げた「嘘《うそ》」の書類とである。ひどいときには、社外用の第三の書類まで作らされた。

グループ内で極秘に回覧される「真実」の書類には、まるで利益が上がっていない実際の決算数字が、恥ずかしそうに並んでいる。いっぽう、経理部等に提出する「嘘」の書類には、一定の利益が上がっているよう見せかけたでっち上げの数字が、まことしやかに打ち出されている。

石油グループの上司たちによると、でっち上げた今期の利益分、いわば借金は、来期以降の利益から少しずつ相殺《そうさい》していくのだそうだ。けれども、「来期以降は今期とちがい、必ずもうかる」という保証は、どこにもなかった。

借金が雪だるま式に増えていったら、どうするつもりなのだろう。いっそ、「今期はもうかりませんでした」と正直に言ってしまえばいいのに、と圭一は思った。

しかし、「とにもかくにも、今期の利益が上がっていることにしなければ始まらない」と、上司たちは口をそろえた。そこには、新人の圭一には理解できない、何かの理由が潜《ひそ》んでいるのかもしれなかった。

けれども圭一は、そんなつじつま合わせの書類を作りつづけることに、しだいに疲れていった。こんなでっち上げの数字を打ち出すために身を粉にして働いているのだと思うと、どうしようもなく空しい気持ちになった。

十月になっても、超多忙な日々は続いた。

圭一はいいかげん、腹を立てていた。このくそ忙しいさなかに、うっとうしい会社の年中行事のため、たびたび仕事を中断せざるをえなかったからである。もうすぐ、会社の一大イベントである秋の大運動会が開催されるのだ。

休日が一日くらいつぶれても、今さら文句を言うつもりはなかった。問題は、昼休みに行われるアトラクションである。会社では、その年の新入社員が部署ごとにアトラクションを企画し、社長や役員たちの前で披露《ひろう》して、そのおもしろさを競うという習わしがあったのだ。

新人たちで話しあった結果、原料部の今年の出し物は、浦島太郎のパロディー劇に決まった。圭一の役は、カメだった。

毎晩、仕事が一段落つく七時ころから、新人たちは会議室に集合し、ストーリーの進行やセリフについて意見を交わしあい、劇の練習をするのであった。

バカらしいと言えばバカらしかった。けれども、同じフロアにいながらふだんあまり話す機会がないから、同期たちとワイワイガヤガヤ過ごすのも、それなりに楽しい時間ではあった。

小道具も、いろいろと準備せねばならなかった。圭一は音楽担当だった。それぞれのセリフや皆で合唱する歌、浦島太郎のテーマソングや波の音などを録音し、それをアパートに持ち帰り、夜中に二台のカセットデッキを使って編集した。

誰が担当しているのか、会議室のすみに立て掛けた大きなベニヤ板に、背景となる海の絵が、毎日少しずつ描き足されていった。

運動会一週間前の日曜日、圭一はいつものようにがらんと人気のない会社に入っていった。五階のフロアには、先輩が一人だけ出社していた。脇にファイルの束を山と積み上げ、せっせと仕事をしている様子は、テレビドラマによく出てくる残業のシーンとまったく同じであった。

それは、となりのグループの加山という先輩で、商社マンにしてはめずらしく物静かで、柔和な感じの人だった。

加山が自分から話す姿を、圭一は見たことがなかった。嫌な顔ひとつせず、いつもおとなしく上司の命令に従っていた。あまり要領がよくないのか、それとも一人で仕事を抱えこんでしまうタイプなのか、いつも膨大《ぼうだい》な量の書類を手元に置いており、圭一と二人で残業していることもしばしばであった。

話をしたことがないから、どんな人かよくわからなかったが、圭一はこの加山という先輩に親近感を抱いていた。要領の悪い、たぶん自分と似たタイプの人間として。同じ残業仲間として。そして気のやさしい、一人の人間として。

話をしないのはわかっていたから、圭一は加山に軽く挨拶《あいさつ》だけして、自分の仕事にとりかかった。加山も黙々と仕事を続けていた。

一時間ほど仕事に没頭していただろうか。ふと気がつくと、加山の姿はもうなかった。

——加山さん、いつもより帰りが早いな……。もしかしたら、今日はデートかな？

そんなことを考えながら、圭一は大きく伸びをした。そして、ちょっと休憩しようと、トイレへ向かった。

会議室の脇を通ったときに、室内から物音が聞こえてきた。圭一は「あれっ」と思い、立ち止まった。

――こんな日曜の昼間から、会議室を使う社員がいるはずがない。もしや……。

圭一は恐る恐る会議室のドアを開け、中をのぞいた。

そこにいたのは、加山だった。加山は自分にまったく気づかず、ベニヤ板に向かって一心に海の絵を描いている。

――加山さんだったのか……。

圭一は、加山に礼を言おうと思ったが、なんとなく部屋に入っていけなかった。子供のように夢中になってベニヤ板に絵の具を塗り付けている加山の姿を見て、じゃまをしてはならないような気がしたのだ。

もしかしたら加山は、絵を描くことが大好きなだけかもしれない。しかし、もしそうだとしても、加山は自分とはなんの関係もない新人のアトラクションのために、貴重な時間を割《さ》いて絵を描いてくれていたのだ。

デスクに戻った圭一は、自分のことしか考えずに文句ばかりたれている己の姿が、急に恥ずかしく思えてきた。

加山はおよそ一時間後に席に戻ってくると、いつものように夕方まで残業し、「じゃあ」

と軽く手を上げて、帰っていった。

加山が帰ってしばらくしてから、圭一は席を立った。

会議室へ入って電気をつけると、そこには、ほぼ完成した加山の絵があった。ベニヤ板いっぱいに描かれた海は、どこまでもキラキラと輝いていた。

「ありがとう、加山さん」

圭一は、絵に向かってお礼を言った。


運動会の当日、圭一のひそかな期待に反し、雨は降らなかった。

昼休みのアトラクションの時間になると、圭一は同期の女子が準備してくれたモスグリーンのタイツをはき、段ボールで作った甲羅《こうら》を背負った。スニーカーまでわざわざ緑色に塗った。そして、ぶざまなカメ姿に失笑する社長や役員たちの前に出て、『原料部版・浦島太郎』を演じはじめた。

もう、ヤケクソだった。

圭一はカメになりきり、自分で作ったテープに合わせて、やたら大げさに胴体をくねらせ、足をバタつかせた。そして、同期の仲間たちと声を張り上げてうたい、汗びっしょりになって踊った。

劇が終わると、原料部の新人は一列に並んで、役員や見物にやってきた一般社員に向かって、「ありがとうございました」と、そろっておじぎをした。なんだか文明堂のカステラのCMみたいだな、と圭一は思った。

熱演したわりに拍手はまばらだったが、終わってしまえば、もうどうでもよかった。見ると、役員たちのうしろで、加山がニコニコして手をたたいていた。

運動会も閉会近くになって、長距離走が行われた。圭一は急に元気になり、待ってましたとばかりにレースに参加した。運動音痴な自分だが、長距離走だけは、昔から自信があったのだ。

——ここはひとつ、はじめから突っ走り、日頃のうっぷんを晴らしてやろう。

そうもくろみながら、圭一はスタートラインに立った。

しかしいざレースが始まってみると、意気込みとは裏腹に、圭一の足は思うように前へ進んでくれなかった。カメを演じていたからではない。いくら若いとはいえ、やはりこの二か月にわたる残業のダメージの蓄積は、想像以上のものであったのだ。

それでもなんとかトップ集団に食らいついていったが、折り返し点を過ぎるころから、息が切れてきた。さらに悪いことに、一瞬足がもつれた拍子に、右足のシューズのひもがほどけてしまった。立ち止まり、かがんでひもを締め直すのも苦しかったので、圭一は右のシューズを脱いで手に持ち、そのまま走りつづけた。

片足だけシューズを履いている状態は、思いのほかバランスが悪く、とても走りにくいものだった。圭一はみるみるトップ集団から置いていかれた。くやしかったが、どうしようもなかった。

結局、圭一は四番目にトラックに戻ってきた。残りの一周を走りながら、圭一はくやし紛れに、脱げたシューズをポーンとフィールド内に投げ入れた。

ゴール後、圭一は疲れきって地べたにひっくり返った。仰向《あおむ》けになって空を見上げながらもあきらめきれず、「やはり立ち止まって、シューズのひもを締め直すべきだった」と悔やんでいた。

ふと顔を上げると、足元に一人の女性が立っていた。

――だれだろう？

ちょうど西日と重なってしまい、はじめはまぶしくて顔が見えなかった。彼女は、寝ころがっている圭一に声をかけてきた。

「あのー……。このシューズ、カワフチさんのでしょう？」

「あっ、どうもスミマセン。ありがとうございます」

圭一はあわてて起き上がり、ついさっきほうり投げたばかりのランニングシューズを、頭をかきながら受けとった。

ようやく目が慣れてくると、その女性が岡部朋子《おかべともこ》であることがわかった。

朋子は、六階の船舶部に勤務する一年先輩の社員だった。仕事上、石油グループと交流があった船舶部に、圭一はよく書類を届けにいった。そのたびに、朋子はニコッと控えめに笑い、会釈をしてくれた。圭一は、朋子のことを感じのよい人だなと思っていたが、彼女に特別な感情を抱くほど心にゆとりはなかった。

「走っているうちに脱げちゃったんですか？　大変でしたね」

シューズを履き直していると、朋子が話しかけてくれた。朋子と話すのは、はじめてだったので、圭一はどぎまぎしながら答えた。

「いや、あの……けっこうドジなもんで、いつも何か失敗するんです」

すると朋子は、ちょっとはにかんだような笑顔を見せて言った。

「でも……おもしろかったですよ、カメさん」

——うわー、見ていたのか！

あのぶざまな姿を朋子に見られたかと思うと、圭一は恥ずかしくてたまらなくなり、急にカーッと顔が熱くなってきた。

朋子は、「じゃ、失礼します」と会釈して、きびすを返した。そして小走りで、同期の女性たちの輪に戻っていった。

　圭一は西日に目を細めながら、朋子のうしろ姿を見送った。

　その日から圭一は、船舶部に書類を届けにいくのが楽しみになった。会社での楽しみを見つけたとたん、仕事がわれながら現金なヤツだな、と圭一は思った。会社での楽しみを見つけたとたん、仕事が苦痛でなくなったのだ。圭一は率先して書類や物品をほかの部へ運ぶようになった。船舶部ばかりに行っていては上司にあやしまれるので、経理部へも総務部へも、そのほかの部へも、まめに足を運んだ。

「おまえ、このごろ、やけに身軽だな。なんかあったのか？」

　野田が、疑わしそうな目つきで尋ねてきた。

「べつになんにもないっすよ。ここんとこ体重が増えぎみなんで、少しは体を動かそうと思って」

　圭一は、なるべく顔色を変えないようにして答えた。

「そうか……。まあ、一時期より元気になってなによりだ。おまえもちょっとは余裕が出てきたみたいだな。どうだカワフチ、そろそろ接待にデビューするか？」

　というわけで、圭一は十一月から、上司たちと共に接待に出かけるようになった。

得意先の接待は、たいてい銀座のバーで催《もよお》された。おじさんたちがよく行く、ホステスが何人かいて、カラオケが置いてある、なんの変哲もない当たり前のバーである。ホステスたちは銀座で働くだけあって、田舎町のバーのママさんとは一線を画していた。だからといって、とくべつ品がよいわけでもなかったが。

せっかく銀座まで来て、なんで毎回こんなつまらないバーで飲むのだろうと、圭一は不思議でたまらなかった。銀座で遊んだことは数えるほどしかなかったが、銀座たるもの、もう少しマシな店がありそうなものである。

しかし、上司たちはニコニコと上機嫌で、得意先の客に酒やカラオケをすすめたり、彼らと冗談を言いあったりしていた。仕事の話は、ほとんどしなかった。

「ええ、あいかわらずチンタラやってますよ。なんたって、油を売るのが私らの仕事ですから……ハッハ」

というのが、課長お決まりのジョークだった。野田も上機嫌で、「ダハハ」とよく笑った。いつもは無口な自分だが、がんばって得意先の客と会話をするよう努めた。けれども、いったい何を話したのか、次の日になるともう思い出せなかった。

はじめのうち、圭一は感心して上司たちを眺めていた。この人たちは、なんでこんな自然に、楽しそうに客をもてなすことができるのだろう、と。しかし、ほどなく圭一は気がついた。なんのことはない、彼らは接待と称し、自分たち自身が楽しんでいるのであった。

客を接待しながら自らも楽しんでしまうというのは、ある種の才能なのか、それとも慣れや経験がそうさせるのか、圭一にはよくわからなかった。ただ、今の自分にそれができないことだけは確かだった。接待の席ではどんなに飲んでも、気持ちよく酔えたためしがなかった。

接待に限らず、会社の先輩たちはよく遊んだ。ある意味、人生を楽しむのが上手な人たちであった。女遊びもかなり派手だった。彼らが興じている女遊びは、圭一がかつてうつつを抜かしていたナンパのたぐいではなく、いわゆる「買う」というやつである。

この年、日本ではじめてエイズの脅威《きょうい》が大々的に報道されると、会社はその話題で持ちきりになった。そして社内の男たちは次々と、病院にウイルスの検査を受けにいった。

圭一は、いぜんとして忙しかった。日常業務はかなりテキパキこなせるようになっていたが、いかんせん接待で時間を食われてしまうため、接待のない夜は、たまった事務仕事の処理に大わらわであった。結局、接待のある日もない日も、毎夜終電というありさまだった。

こんな生活が体によいわけがない。圭一は、精神的にも肉体的にも、しだいにまいっていった。

北風が吹きつけるころになると、円高・ドル安はさらに進み、石油グループの業績はますます悪化した。それと共に、つじつま合わせの書類作りはどんどんエスカレートし、複雑になっていった。

圭一は、嘘《うそ》の数字を並べた社内用の書類作りに、いいかげんうんざりしていた。唯一の心の慰めは、六階に書類を届けにいくときに拝める、朋子の笑顔だった。


十二月に入ると、毎晩のように接待が続いた。

得意先といちいち忘年会をやるのだから、たまったものではない。「もしかしたら接待費を確保するために、利益が上がっているよう見せかけているんじゃないか」と疑いたくなるほどの、連夜の接待だった。

圭一はこのところ、右の脇腹から背中にかけて、言いようのない重苦しい感じを抱えていた。いくら飲んでも酔って発散できない分、アルコールがどんどん体に蓄積していくような気がした。

その夜も、いつもと同じ銀座のバーでの接待だった。

若くてきれいだが、常にクールなアケミさんは、おじさんたちに何を言われても能面のような笑い顔を浮かべ、グラスを取ってはウイスキーの水割りを作った。

対照的に、ひたすら愛想のよいヒロミさんは、おじさんたちの冗談一つ一つに大げさに、キャーキャーと反応し、はしゃいでみせた。

「おい、おまえ。景気付けに、なにか一曲うたってこい」

　係長が圭一に耳打ちした。

　圭一は心の中で、「あーあ」と、ため息をついた。人前でうたうのが、嫌でたまらなかったのだ。情けないくらい声量がなかったし、声域も、せいぜい一オクターブしかなかった。とても人様に披露《ひろう》できるような歌ではないのだ。

　係長だって、おれの歌が聴けたものでないことくらい百も承知のはずなのに、どうして今さら、うたえなどと言うのだろう？

「おい、おまえ。今日は横文字の歌はやめてくれよ。座がしらけるからな」

　係長が、さらに追い討ちをかけてきた。

　中学一年のときに天地真理がテレビに登場してから、圭一はパタリと歌謡曲に興味をなくしてしまい、それ以来ずっと洋楽ばかり聴いてきた。だから、ほんとうにここ十数年、日本のヒット曲はほとんど知らなかったのである。

　だからといって、『浦島太郎』をうたうわけにもいかないので、圭一は、ちゃんと聴いた最後の歌謡曲である『また逢う日まで』をうたうことにした。圭一は出ない声をむりやりしぼり出し、なかばヤケになってうたった。

慣れない歌は、人前でうたうものではない。聴いているほうも、あまりにヒドイ歌にリアクションのとりようがなく、圭一がうたい終わると、座はいつもよりさらにしらけてしまった。

テーブルに戻ってくると、係長があきれ顔をして言った。

「おまえねえ……。声量もないくせに、そんな本格的な歌、うたうんじゃないよ」

――あんたが、うたえって言ったんじゃないか！

すでに開き直っていた圭一は、ムッとした。

「ちょっと貸してみろ」

係長はかまわず、圭一からマイクを奪い取った。

係長がうたったのは、『涙のリクエスト』という曲だった。係長はいつもどおりの若々しく、よく伸びる声で、『涙のリクエスト』を初披露した。圭一は腹の立つのも忘れ、思わず係長の美声に聴き入った。

アケミさんに訊《き》くと、チェッカーズという、今、若者のあいだで一番人気のグループのヒット曲だと言う。おじさん然とした風貌《ふうぼう》の係長には、いささか不似合いな気がしないでもなかったが、とにかく係長の歌は抜群にうまかった。

自慢気に新曲を披露《ひろう》している係長の姿を見ているうちに、圭一はだんだん気が重くなってきた。商社で生きのびていくためには、日々興味のない歌謡曲にも耳を傾け、歌の練習もしなくてはならないのか、と。

圭一は急にふさぎこんでしまい、もう誰とも話したくなくなった。上司たちの笑い声も、誰かがカラオケでうたっている声も、ホステスたちのキャーキャー騒ぐ声も、すべてがいっしょくたになって、頭の中でブーン、ブーンとうなっていた。

「どうしたの？　ムズカシイ顔しちゃって。若いんだから、もっと元気出しなさいよぉー」

ヒロミさんが、うしろから肩をむんずとつかみ、前後に揺さぶった。けれども圭一は、何も言葉を返すことができなかった。

突然、みぞおちのあたりが、キューーッと締めつけられるように痛んだ。いったいなにごとだろう、と痛みに耐えているうちに、今度はいきなり胸がムカムカして、苦いものがこみ上げてきた。

たまらず、圭一はトイレに駆けこんだ。

便器に顔を突っこみ、何度も吐こうと試みた。しかしどうしても、うまくいかなかった。指を喉《のど》の奥に入れて、無理やり「オエーッ」とやるたびに、ギュッとつかまれるように胃が痛み、あまりの苦しさに涙がにじんできた。たしかにかなり飲んではいたが、感覚的にはまったく酔っていなかったから、なおさらのこと、つらかった。

取引先の客とアケミさんとの、めいっぱいエコーがかかったデュエットが聞こえてくるなか、圭一は便器の前にひざまずき、涙ぐみながらハアハアあえいでいた。

二十分以上苦しんだ末に、やっと吐き気がおさまってきた。圭一はネクタイをゆるめ、靴を脱ぎ、ぐったりして便器に腰かけた。

ようやく少し落ち着いてくると、圭一は心底、情けなくなった。

「おまえはいったい、何をしているんだ？」

やりたくない仕事をし、飲みたくない酒を飲み、うたいたくもない歌をうたって恥をかき、あげくの果てに体までこわそうとしているのだ。「こんな会社は、もうやめちまえ！」と、圭一の心は叫びはじめた。

そのいっぽうで、「どうしてもう少し、辛抱《しんぼう》しようとしないんだ。やりたくない仕事をがまんしてやっていくのが、大人というものじゃないのか？」と呼びかける、もう一人の自分がいた。

頭が混乱し、ズキズキしはじめた。

――自分は、大人になることを拒否しているだけなのだろうか？　大学院をドロップアウトし、会社員もろくに勤まらない自分は、このままズルズルと人生の落伍者《らくごしゃ》になっていくのだろうか？

圭一はもう何もかも、わからなくなってしまった。全身の力が抜けてしまったようで、立ち上がることさえできなかった。

「ダハハ……」と、ひときわ大きな野田の笑い声が聞こえてきた。

圭一は便器に腰かけたまま、いつまでたってもトイレから出ていこうとしなかった。

5 グリーン、グリーン・グラス・オブ・ホーム

「あしたの二釜目で苛性《かせい》ソーダが切れるよ。手配はしてある？」

製造担当のベテラン工員が、管理室のドアを開け、「大丈夫かいな？」という顔をして訊《き》いてきた。

「今日の午後、納入される予定ですが、念のため電話で確認しておきます」

グレーの作業衣姿の圭一は、トイレ用合成洗剤の原料ストック表を見ながら、受話器に手をかけた。ベテラン工員は満足そうにうなずき、原料を攪拌《かくはん》する釜がある作業場へ戻っていった。

「朝からずっと待ってんのに、ちっとも取りにこねえ。早く来てもらわなきゃ、製品の置き場所がなくなっちまうぞ」

今度は、終日フォークリフトを運転している出荷担当のおじさんがやってきて、もうがまんしきれないという顔で訴えた。

「おかしいですね。道が渋滞してるのかな？　至急、連絡をとります」

　圭一はふたたび、受話器を上げた。

　昼前になると、充塡《じゅうてん》ラインで働く若い工員が、口をとんがらせて部屋に入ってきた。

「またボトルの不良品っすよ。ちょっと見てくださいよ」

　圭一は管理室を出て、釜から送られてきた液体洗剤が、ガチャコン……プシュー……と次から次へボトルに注がれていく、充塡ラインへ向かった。なるほど、見れば緑色のボトル数本に、明らかな色むらがあった。

　圭一は部屋に戻り、ボトル業者にクレームの電話をかける。すると一時間後には、担当の営業マンが息を切らして飛んできて、「申しわけありません」「以後気をつけますので」と、しつこいくらい何度も頭を下げる。

　圭一は、頭を下げられることに慣れていなかった。つい10か月前まで商社で営業活動をしていたため、自分のほうが頭を下げる立場にあったからだ。営業マンに謝られるたびに、「いや、いいですよ」と、反射的に頭を下げてしまうのである。

　ときどき、そんな自分の姿がおかしくなり、「何をやっているんだろうね、おれは」と、苦笑する圭一だった。

たった一年で商社を退職した圭一は、その後、四か月のプー太郎生活を経て、ある外資系のメーカーに再就職した。

研修のため三か月、本社といくつかの工場を回ったのち、圭一は去年の十一月にこの工場に赴任《ふにん》した。それは東京の下町にある、トイレおよび台所用合成洗剤の製造工場であった。工場といってもこぢんまりしたもので、従業員は二十名ほどだった。圭一は製造そのものにはかかわらず、生産管理の仕事をしていた。管理なんて偉そうに聞こえるが、なんのことはない、ただの原料・資材調達係である。

原料を攪拌《かくはん》する釜の装置に関しても、充塡ラインのメインテナンスに関しても、中卒や高卒の工員たちのほうが、大学の工学部を出ている自分よりも、はるかによく知っていた。けれどもそんなことは、ぜんぜん気にならなかった。圭一はこの職場をとても気に入っていたのである。

こまごました仕事や雑用を一人でこなしているため、決して暇ではなかったが、ひどくあわただしかった以前の職場とは比べものにならぬほど、落ち着いた環境だった。見たことも聞いたこともない船に燃料油を手配するのとはちがい、目の前で製品を作っているという安心感もあった。そして何よりも、マイペースで仕事ができるというのが、自分の性分に合っていた。

基本的には管理室で一人だから、誰にもじゃまされず仕事ができる。かといって、ずっとこもりきりというのでもない。日に何度も製造現場を見てまわるし、工員たちとの接触も多い。本社の社員や他社の客も訪ねてくるから、孤独ではない。圭一にとっては、人との距離をちょうどよい感じに保てる職場であった。

週に一度は、文房具などの備品や、お茶や菓子を買いに出かける。工場は綾瀬川《あやせがわ》のほとりにあった。圭一は町工場や民家がごっちゃに立ち並ぶ下町の小道を、ぶらぶら歩くのが好きだった。帰り道にお気に入りの店に寄って、タイ焼きやまんじゅうを買い食いするのも楽しみだった。

さらにありがたいことに、仕事はきっちり定時に終わるから、アフターファイブにテニススクールに通うこともできた。給料は安いが、前の会社と比べれば、天国のような労働環境である。

もちろん、会社に対して不満があるはずもなく、圭一はぬるま湯につかって毎日のんびり、楽しく暮らしていた。

二月の第二週、圭一は青山の本社へ向かった。月に一度、工場における出来高や生産効率をまとめて報告書にし、本社に勤務している技術部・製造課の課長へ届けにいくのだ。

課長は日本人だが、かなり大ざっぱに物事をとらえる人で、細かいことまでぐちぐちと言ってくるタイプではなかった。だから圭一は、課長のことを気に入っていた。

課長はあいにく会議中だったので、圭一は技術部のフロアでしばらく待つことになった。

ずっと気楽な下町の工場で働いていると、青山なんてしゃれた街にやってくるだけでも場ちがいのような気がしてしまうのに、ましてやここは外国人だらけのハイカラなオフィスである。圭一はフロアの活気に気圧《けお》されてしまい、そわそわと落ち着かずにいた。

あいている席にひとり、ちょこんと腰かけ、手持ちぶさたにしていると、研修のとき世話になった先輩が、「よう」と肩をたたいてきた。先輩はニヤリと笑い、冗談めいた口調で言った。

「いよいよやってくるね、ラッセル車が」

「はあ？」と訊《き》き返す間もなく、先輩はコピー機のほうへ行ってしまった。

——「ラッセル車」とは、いったいなんだろう？　東京地方に豪雪注意報でも出されたのだろうか？　外はいい天気だし、たいして寒くもないのになあ……。

圭一は、さっぱりわけがわからなかった。何かの聞きまちがいかもしれなかった。

「先輩がコピーから戻ったら、もう一度訊いてみよう」と思っていたら、いきなり課長が現れ、圭一は会議室に連れていかれた。

その週の土曜日、圭一はいつものように千葉のテニスコートで一日じゅう走りまわった。ずうずうしいことに圭一は、もうとっくに退職してしまった会社のテニスコートに、いまだに通いつづけていたのである。

もともと自分が運動音痴であることは、百も承知である。いくらがんばってみたところで、たいしたプレーヤーになれるはずもなかった。けれども圭一は、何かにとりつかれたようにラケットを振りつづけた。

土・日以外も週に二回、夜のテニススクールに通っていたし、それでも飽き足らず、西武スポーツ館の屋上へオート・テニスをしにいった。毎日ラケットを握らないと気がすまなかったのだ。今や彼の毎日は明らかに、仕事中心ではなく、テニス中心に回っていた。

圭一自身、それでいいと思っていた。――なにも仕事だけが人生ではない。好きな趣味やスポーツをやって、楽しく生きていけばよいではないかと。仕事はそのための手段である、と割りきればよいのだ。

圭一が去年まで働いていた会社のテニスコートは、田舎にあるだけあって、いつもすいていた。だから、社員でもないくせに我が物顔でコートを走りまわる圭一に、とくに文句をつける者はいなかった。それに、すでに退社したがテニスコートにだけは通いつづけるというメンバーは、圭一のほかにも何人かいた。けっこう出入りの激しい会社だったのである。

沢木も、そんなメンバーの一人だった。沢木は二年間働いたのち、圭一と同時期に会社を辞め、やはりメーカーに転職していた。

頭脳明晰《ずのうめいせき》で要領もよく、エリートと言ってもよい沢木だが、そのような優秀な人間にしてはめずらしく、物腰がやわらかで、人の話をよく聞き、誰からも好かれる性格の持ち主だった。体は大きくないが運動神経もよく、テニスのセンスも圭一より数段上だった。

沢木と圭一は、同じ大学出身ということもあり、毎週末のように千葉のコートで仲よくプレーした。しかし、いったいどちらが先輩かというと、これがなかなかムズカシイ問題であった。

もともとは、圭一のほうが一学年上である。しかし、沢木は一浪、圭一は二浪したため、大学入学時点では同期となった。大学時代、圭一はストレートでいき、沢木は一年留年したため、卒業はふたたび、圭一が一年先行した。だが、圭一はその後二年間パチプロをやっていたため、結局、沢木のほうが一年早く就職することとなった。

といった具合で、けっこうややこしい関係にあるのだが、一応社会人として先輩ということで、圭一は沢木のことを「さん」付けで呼んでいた。

その土曜日はテニスのあとで、ひさびさに沢木と飲みにいった。千葉の焼き鳥屋で一杯やっていると、沢木が「最近いい店を見つけたから、六本木へ行こう」と言いだした。二人はラケットケースを担《かつ》ぎ、赤ら顔で総武線に乗りこんだ。

六本木の地下の店へ入っていくと、店内は若いカップルだらけだった。

「おかしいなあ。このまえ来たときは、もうちょっと大人っぽい雰囲気だったけど……」

と、沢木が首をひねりながら言った。やや場ちがいな気がしないでもなかったが、落ち着いて話せそうだからまあいいか、と圭一は思った。

しばらくテニス談義をしたあと、沢木が急にまじめな顔になって言った。

「今朝の日経新聞、読んだ？」

「いいえ」

圭一は日経新聞なるものを、一度も読んだことがなかった。紙面を開いてみたことすらなかった。こんな人間がよくもまあ商社に勤務していたものだと、今さらながらあきれてしまった。

「メーカーと金融業の給料の格差がのっていたんだ。信じらんねーよな、銀行や証券会社に勤めてるヤツらは、おれたちメーカーの人間の倍近くも年収があるんだ。いや、もしかすると倍以上かもしれないぞ」

沢木は、憤懣《ふんまん》やるかたないといった感じで言った。いつも穏やかな彼にしてはめずらしく、激しい口調だった。時は一九八七年、時代はバブルへと向かっていた。

「僕も聞いたことがありますね。金融業の人間は、年に何度もボーナスをもらっているって」

圭一はうんうんと、うなずきながら答えた。

「まあ、多少はしょうがないとしても、こんなに差があっちゃマズイよな」

沢木は少し落ち着いて、煙草に火をつけながら言った。

「そういえば、去年法事に行ったとき、ある親戚に言われましたよ。『せっかくいい大学を出たのに、なんで銀行に就職しないの？』ってね」

圭一はそう言いながら、思わず笑ってしまった。

「みんな、そんなふうに思っているのかねえ。まったく、ヤな時代だな」

沢木が、ため息をついた。

「ホント、ヤな時代ですよね。ものを作る人間よりも、ものを転がす人間のほうが優遇されるなんて、なんかおかしいな」

ものを作る情熱などちっとも持っていないくせに、圭一は偉そうな顔をして言った。

「そうさ。このまんまいったらメーカーの人間たちは、『やってらんねえよ』って、さじ投げちまうよな」

ひとしきり世の中に対する不満をぶちまけてしまうと、二人はまた平静さを取り戻し、グラスを傾けた。

あらためて店内をぐるりと見回すと、やはり自分たち以外は若いカップルばかりであった。

圭一はさっきから、まわりのカップルたちの視線を感じていた。沢木と圭一という、ふだんはかなり地味めなコンビが、こんなシチュエーションにおいては、かえって目立ってしまうようである。

「そろそろ帰りません？　さすがに居心地悪くなってきましたよ」

「そうだな、今日はもう引きあげようか」

席を立とうとしたとき、となりのテーブルの女の子が、赤いリボンのかかった平たい包みを彼氏にさしだした。

「あっ、そうか」

圭一は、ようやく気がついた。

「そういえば……そうだったっけ」

沢木も気づいたようだ。

店を出ると、二人で顔を見合わせ、苦笑した。

「おれたち、勘ちがいされたかなあ」

「勘ちがいされても、しかたないっすね」

今日がバレンタインデーであることも忘れていた、情けない二人の男たちであった。

翌週、圭一は急遽《きゅうきょ》、京都へ出向くことになった。火曜日に課長から電話がかかってきて、いきなり出張を命じられたのである。

「あー、カワフチ君か。急ぎで悪いけど、あさってから一週間ほど京都に行ってくれや。週末はこっちに帰ってきてもいいからさ、うん」

出張は入社以来はじめてだったから、圭一は面食らった。

「出張って、いったいなんの仕事ですか？」

「あのなー、今度うちで洗濯用洗剤を始める予定なんだ。今回は、生産立ち上げの準備ってとこだけど、まあおれも行くから、詳しいことは現地でな。じゃあ、たのむよ！」

課長はとても忙しいらしく、京都での集合場所だけ伝えると、ガチャンと電話を切ってしまった。

突然、洗濯用洗剤と言われても、予備知識のない圭一には、なんのことやらさっぱりわからなかった。何を準備したらよいのか、どんな下調べをしていったらよいのか、皆目、見当がつかなかった。

――大ざっぱにも、ほどがあるぜ。

圭一は受話器を置き、肩をすくめた。


木曜日の朝五時に起き、圭一は京都へ向かった。

東京の洗剤工場は、ある先輩が一週間ピンチヒッターをしてくれることになった。「なんだ、代役でも勤まる仕事なんだ」と圭一は思ったが、まあ、そんなことはどうでもよかった。それよりも、高校の修学旅行以来、十数年ぶりに新幹線に乗れることがうれしくて、圭一は子供のように心をはずませた。

圭一は車内販売のお姉さんがやってくるたびに、サンドイッチやホットコーヒーやアイスクリームを買い、ひさしぶりに見る富士山の雄大な姿に、「おおっ！」と、ひとり歓声を上げた。

京都駅から西に歩いて二十分の場所に、工場はあった。

そこは、東京の洗剤工場よりずっと大きな化学工場だったが、自社工場ではなかった。京都にあるその会社と契約を結び、工場のあいている設備でわが社の洗濯用洗剤を作らせてもらうという話らしかった。

その日は工場の会議室で、当方の技術部メンバー五名と、工場で働く十名ほどの先方社員とのあいだで、明日から行われる試験生産の打ち合わせをした。いかんせん洗濯用洗剤の予備知識などまったくないから、圭一はどの話を聞いてもちんぷんかんぷんであった。けれどもとにかく、メモだけはとっておいた。

夕方になると、技術部のメンバーは大阪国際空港へと向かった。日本での試験生産を指導するため、イギリス本社から三人のスペシャリストがやってくるのだ。

空港で出迎えた三人の外国人は、そろって大男で、その迫力に思わず圧倒された。圭一も日本人としては小柄ではないが、彼らと並ぶと、自分の体がいかにも貧弱に思えてしかたがなかった。

しかしよく見ると、三人のうち一人は、さほどがっしりした体格ではなかった。

栗色の髪に青い目をしたそのイギリス人は、背丈はあるが、ほかの二人に比べると肩幅も胸の厚さもなく、むしろ痩《や》せていると言ってよかった。それに、ほかの二人が血色のよい顔をしていかにも元気そうなのに対し、彼はどこか神経質そうな表情を浮かべ、顔色も青白かった。

「飛行機が乱気流で揺れて、生きた心地がしなかった」

彼はげっそりとした顔で、しきりにそんなことを言っていた。飛行機に乗ったことはないが、乗り物が苦手な圭一は、なんとなく彼の気持ちがわかるような気がした。

その人が、ドクター・ラッセルだった。青山の本社で先輩が言っていた「ラッセル車」とは、この人のことだったのだ。

ドクターといっても、医者ではない。圭一とちがって、大学院をきちんと修了し、博士号を修得した人たちのことである。ドクター・ラッセルは、化学を修めた理学博士であった。

京都のホテルへ向かうリムジンバスの中でも、ドクター・ラッセルはいぜん青ざめた顔をして、「Oh dear !......Oh dear !」と、さかんにくり返していた。

翌日から京都工場において、洗濯用合成洗剤の生産トライアルが始まった。

まずは大きな攪拌釜《かくはんがま》で、液体および固体の種々の原料を混ぜ合わせる。釜のスケールが大きいのと原料の種類が多いことを除けば、東京の工場で見てきた台所用洗剤を製造する工程と大差はなかった。圭一が度肝を抜かれたのは、次の噴霧乾燥の工程である。

直径六メートル、高さ三十メートルはあろうかと思われる巨大な中空タワーの内部で、先ほど原料を混合して作ったどろどろの液体を、いくつものノズルからいっせいに噴霧させる。いっぽうタワー下部にある熱風炉からは、三百度を超える熱風がものすごい勢いで噴き出している。

このようにして、タワー上方のノズルから噴霧された液体は、下方から吹きつける熱風にさらされ、小さな粒となって固まり、粉末状の洗剤と相成るのである。

粉末となった洗剤は、ベルトコンベヤーに乗ってふるい分けられ、ベース・パウダーとしてサイロに貯蔵される。このベース・パウダーに香料、酵素などを適宜《てきぎ》ブレンドして、ようやく最終的な製品が出来上がる。

家庭で使っているごくふつうの洗濯用合成洗剤が、これほど大規模な装置を使って、なおかつたくさんの手をかけて製造されているとは、圭一は夢にも思っていなかった。

トライアルは、土・日をはさみ、六日間続いた。

圭一はわけもわからぬままに、釜とタワーとベルトコンベヤーのあいだを走りまわり、首をかしげながら製造工程を観察し、わからないなりにも必死にメモをとりつづけた。

わけがわからないといえば、ドクター・ラッセルの話す英語であった。とにかく母音の発音がいちいち強烈で、簡単な単語が簡単に聞こえないのである。

たとえば「look」ひとつをとってみても、体に似合わぬ太い声で「ルウォーック！」などと、大げさに発音するものだから、「な、なんだ、その単語は？　聞いたことがないぞ」と、思わず焦ってしまうのだった。

洗濯用洗剤に関する知識もなければ、通訳の役もまったく果たせずに、圭一はなんとも情けない思いをした。それでもトライアルが終わりに近づくころには、製造工程の全体像がおぼろげながら見えてきた。

最後のトライアルが終わると、京都工場の人たちは、圭一たちをすき焼きの店に招待してくれた。

関東風とはひと味ちがうすき焼きに、圭一は舌鼓《したつづみ》を打った。厚めにスライスした牛肉はボリューム感たっぷりで、付け合わせの野菜や漬物もとてもうまかった。

「Oh, no!」

いきなり大きな声が聞こえたので、しばしすき焼きを食べるのに夢中になっていた圭一は、いったいなにごとかと顔を上げた。

見ると、ドクター・ラッセルがしかめっ面をして、お給仕さんが取り分けてくれたレア状態の牛肉を、鍋に戻していた。

「I like it well, well, welldone!」

そう言ってドクター・ラッセルは、「そないに焼いたら、おいしおまへんのになあ」と、あきれ顔をしているお給仕さんを尻目に、上等な霜降り牛肉をカチンカチンになるまでしっかりと焼くのであった。そして、焼き上がった肉をフォークで取り上げると、どこにも赤い部分が残っていないことを念入りに確認してから、おもむろに口へ運んだ。

京都工場でのトライアルが終わると、ドクター・ラッセルたちは、いったんイギリスへ帰っていった。今回のトライアルの結果をもとに、日本での洗濯用合成洗剤プロジェクトをどのように推し進めるか、イギリス本社でしっかり検討してくるということだった。

圭一も東京へ戻り、ふたたび下町工場での毎日が始まった。しかし、平和で気楽な日々は、長くは続かなかった。

三月になると、なぜか圭一の働く管理室に、ある年配の社員がやってきた。これまでずっと静岡の自社工場で働いていた望月という五十代の社員だが、先週いきなり東京工場への長期出張を命じられたということだった。

望月は少し頑固なところがあるが、基本的には思いやりのあるやさしい先輩だった。けれども二人で管理室にいると、互いになんとなく気まずかった。そもそも二人でやるほど仕事量は多くないのである。

出張という話だから、いずれもとの職場に戻るのだろうと、圭一は思っていた。しかし、望月が静岡の工場に呼び戻される気配は、いっこうになかった。

望月もときどき、圭一にぼやいた。

「今日は二十日だったっけか？　十日間ちゅう話だったのに、いつのまにか三週間たってしもうた。まあたまには、こんな気楽な一人暮らしもええけどな」

と言いつつも、望月は郷里に新築したばかりの家が気になってしかたがない様子だった。

四月一日、圭一は青山の本社へ転勤を命じられ、望月が後がまとして工場にとどまることになった。

せっかく慣れ親しんだ下町の工場を離れるのは寂しかったが、本社へ転勤することは、べつに嫌ではなかった。しかし望月のことを思うと、圭一はいたたまれない気持ちになった。どうして会社は望月に、出張などと偽って、ほんとうのことを知らせなかったのだろう。もちろん、自分にだってちゃんと事情を教えてくれるべきだったのだ。そうすれば、きちんと引き継ぎをすることができたし、望月に対しても、あんなつっけんどんな態度をとらずにすんだだろうに。

ある先輩にそのことを話すと、「それが会社の常套《じようとう》手段なのだ」と答えた。最初から転勤と言ってしまうと誰も行きたがらないから、とりあえず出張というかたちで行ってもらって、慣れてきたころに正式に転勤を命じるのだという。

圭一は、会社側の不誠実な態度が腹立たしくてしょうがなかった。しかし圭一自身、本社への転勤であわただしく、いつまでも腹を立てている暇はなかった。なんやかやとバタバタしているうちに、いつしか怒りもおさまっていった。

本社では、日本人五人に対して一人くらいの割合で、外国人が働いていた。出張でやってくる外国人も多かった。とにかくさまざまな国の人が会社を訪れた。ドイツ人、オランダ人、フランス人、インド人、中国人、韓国人……。イギリスの会社というよりは、むしろ多国籍企業であった。

圭一が感じた外国人たちの共通点は、どの国の人もおしなべて、日本人より英語がうまいということだった。発音や文法に関しては、自分のほうが上だと思うこともあった。けれども彼らはなぜか、お世辞にも流暢《りゅうちょう》とは言えない英語で、しっかりコミュニケーションをとることができたし、自分の考えをはっきりと相手に伝えることもできた。

もう一つの奇妙な共通点は、彼らはおおむね、味噌汁が苦手なことだった。とくに西洋人は、例外なく、味噌汁のにおいを嫌がった。

昼食に味噌汁が出ると、彼らは一様に「これはなんだ？」という顔をして、味噌汁の椀に鼻を近づける。そしてそのにおいが鼻についたとたん、まるでドラキュラがニンニクを突きつけられたみたいな形相になって、ものすごい勢いで顔をのけぞらすのである。

われながら悪趣味だと思ったが、この味噌汁に対するリアクションがたまらなくおかしくて、圭一はひそかに、外国人とランチに出かけるのを楽しみにしていた。

本社へ転勤して間もないころは、それなりに緊張して毎日を過ごした。しかし二週間もすると、だいたい勝手がわかってきた。それに圭一の担当は、まだ生産が始まっていない洗濯用洗剤だから、別段さし迫った仕事もなかった。

たいてい五時前に、圭一は仕事を終えていた。そして五時半の退社時間になると、いの一番に会社を飛び出し、テニススクールへと向かった。洗濯用洗剤を作った経験のない自分には、その気になればいくらでも勉強することがあったはずだ。

けれども圭一は、仕事に対して情熱を持っていなかった。それに前の会社であまりに働きすぎたので、これからは不必要な残業はいっさいやらないと、かたく心に誓っていた。残業のしすぎで体をこわすのは、もうまっぴらだった。

圭一は毎日ぴったり五時半に退社し、有給休暇もすべて使いきった。

圭一は会社に対し、つっぱった態度や、反抗的な態度をとっているつもりはなかった。少なくとも自分では、「当たり前のことをしているだけさ」と思っていた。けれども、技術部で働く社員は誰一人、毎日定時に帰ったりはしなかったし、有休をすべて消化する者もいなかった。

洗濯用洗剤の生産立ち上げ準備のため、圭一は二週に一度のペースで、京都の工場へ出張した。ほかの社員と一緒に行くこともあったし、一人で行くこともあった。

一人で行く出張が、圭一は好きだった。とくに行き帰りの新幹線で過ごす時間は、最高だった。車内では本も読まないし、仕事の下調べもしない。ただビールを飲みながら、リラックスしてぼんやりと外の景色を眺めている時間が、たまらなく好きだった。

生まれつき臆病者の圭一は、たいていの乗り物が嫌いである。むろん車は運転しないし、助手席に乗るのも怖くて嫌だ。飛行機なんて、考えるだけで身の毛がよだつ。

しかし、新幹線だけは別だった。一九六四年の開通以来、人が犠牲になるような新幹線の事故のニュースを、圭一は聞いたことがなかった。考えてみれば、新幹線は世界一、安全な乗り物かもしれない。

京都工場の人々とは、徐々にうちとけていった。「京都の人間は底意地が悪い」などという噂を耳にしたことがあったが、そんなことはぜんぜんなかった。たいていの工員は親切にしてくれたし、洗剤に関して何も知らない圭一を、バカにしたりもしなかった。

社員食堂の昼食は、えらく質素であった。ある日のおかずは厚揚げの煮物と漬物だったし、またある日の献立は、煮込みうどんだけだった。

しかし、煮物や漬物やうどんという、いたってシンプルなこれらの食べ物が、どれも皆、不思議なくらい味わい深かった。はじめはもの足りなく感じた圭一だが、今では京都工場での昼ご飯は、出張の楽しみの一つになっていた。

五月の連休明けの京都出張メンバーは、圭一と技術部の先輩、そして彼の直属の上司であるドクター・トーマスの三人だった。

ドクター・トーマスは、一年半前にイギリスからやってきて、日本に駐在していた。家庭用洗剤全般の仕事に携《たずさ》わっていたが、今回の洗濯用洗剤の立ち上げにおいても、いずれ来日するドクター・ラッセルをバックアップする役割を担《にな》っていた。

あごひげを蓄《たくわ》えたドクター・トーマスは、穏やかで、人当たりがよく、おまけにユーモアもたっぷりあった。誰の話にもきちんと耳を傾け、ディスカッションで意見が異なっても決して言葉を荒らげることなく、粘り強く相手を説得していくタイプだった。

ドクター・トーマスは日本での生活を楽しんでおり、日本人の気質を理解しようと努めているように見えた。彼の話す英語はドクター・ラッセルとは正反対で、なめらかで耳に心地よく、とても聞きとりやすかった。同じイギリスのドクターであるが、ラッセル氏のしゃべり方はおそろしくワイルドで、トーマス氏のそれはこのうえなく洗練されていた。

技術部のスタッフたちは皆、ドクター・トーマスのファンだった。もちろん圭一も、そのなかの一人であった。

あと一時間ほどで仕事がすべて片づき、あとは新幹線に乗って帰るだけという、金曜日の午後のことだった。

圭一は、今回の小規模なトライアルで作った試作品を本社に送るべく、荷造りをしていた。となりの部屋では、ドクター・トーマスと先輩社員が、なにやら話しながら帰り支度をしていた。

どういうわけかドクター・トーマスが、急にひそひそ声になって話しはじめた。

圭一は、聞き耳を立てるつもりはなかった。しかし、すべての生産ラインが止まり、物音ひとつしない午後の工場にあっては、ドクター・トーマスのひそひそ声はまったく効果がなく、むしろ「なんだろう?」と、圭一の注意を引く結果になってしまった。

「Between you and me, Kawafuchi-san is supposed to stay here in Kyoto. Of course you must not tell him about it yet. So...... (ここだけの話だがね、カワフチさんは京都に駐在することになっているんだ。もちろん、まだ彼に話してはいけないよ。だからね......)」

圭一は荷造りをする手を止め、唖然《あぜん》としてドクター・トーマスの言葉を聞いた。たった二か月前に望月氏を襲ったのとまったく同じ災難が、今、自分の身に降りかかろうとしているのだ。

怒りがふつふつと、こみ上げてきた。

――「カワフチさんに話しちゃいけない」だって? 冗談じゃない! 転勤を一番先に知らなきゃいけないのは、このおれじゃないか。転勤を知らないのは当の本人だけなんて、そんなバカげた話があるものか！

圭一は、京都へ転勤するのが嫌だったわけではない。状況からして、そうなる可能性があることは十分わかっていたし、話があれば考えるつもりだった。けれども、ドクター・トーマスの言葉を聞いた瞬間から、圭一はあまりに汚い会社のやり方が、どうにも許せなくなった。そんな不誠実は、許すわけにはいかなかった。

この日から、圭一にとってドクター・トーマスは、信念も良心のカケラも持ち合わせない、紳士ヅラをした会社の回し者でしかなくなった。

そして翌週からずっと、圭一はデスクの引き出しに辞表を忍ばせていた。京都への転勤、否、長期出張を命じられたその瞬間に、それを提出するつもりだった。


五月半ば、ドクター・ラッセルが正式に日本に駐在することになり、青山のオフィスへやってきた。ドクター・ラッセルは、圭一の直属の上司となった。

圭一はドクター・ラッセルを「ラッセルさん」と呼ぶようになり、ドクター・ラッセルは圭一を「カワフーチサン」と呼んだ。圭一のラッセルさんとの日々が始まった。

ラッセルさんの話す英語はなかなか耳になじまず、圭一は日に何度となく、「Pardon？」と訊《き》き返した。ラッセルさんの口から発せられる母音はあいかわらず強烈で、きわめつけは

「əːr」の発音だった。

　それは、「bird」とか「work」といった単語を発音するときの、われわれ日本人にはおよそ縁のない長母音である。強いて言えば、食べたものをもどすときに喉《のど》の奥からしぼり出す、「オエーッ」という、あのうめきに似ているだろうか。

　実際、ラッセルさんの口から「first」とか「learn」とかいう言葉が何度も出てくると、聞いている圭一のほうが、「オエーッ」ともどしたい気分になってしまうのだった。

　ラッセルさん本人は、「自分はリバプールなまりだ」と言っていたが、圭一はほんとうだろうかと疑った。かの有名なビートルズもたしかリバプール出身だったが、ジョンの発音も、ポールの歌も、たいへんに聞きやすく、すんなりと耳に入ってきたからだ。

　そんなラッセルさんだから、当然、日本語もうまく話せなかった。もともと日本語の勉強に積極的でないラッセルさんだったが、やっと覚えた数少ない日本語も、なめらかにしゃべることができなかった。

「オッハヨウゴザイマース、カッワフーチサン」

　というラッセルさんの朝の挨拶《あいさつ》は、それはそれで愛嬌《あいきょう》があったが……。

　ラッセルさんは基本的にはジェントルマンだったが、ときどき社内で奇妙な行動をとることがあった。それは奇妙というよりも、むしろ子供っぽいと言ったほうが当たっていたかもしれない。たとえ機嫌が悪くてもまわりのスタッフに当たり散らすようなことはなかったが、ラッセルさんは、はた目にも、喜怒哀楽がはっきりとわかる人だった。

ある日の午後のことだった。なぜかラッセルさんが、「Oh dear……Oh dear……」とつぶやきながら、技術部のフロアをうろうろと行ったり来たりしている。

圭一は別段気にもとめず仕事を続けていたが、そのうちにラッセルさんはハンカチを取り出すと、人目をはばからず、おいおいと泣きはじめた。圭一はびっくりして、本国に残してきた家族に、何かよくないことでも起こったのだろうかと思った。

聞けば、ラッセルさんは午前中、重要な書類を、誤ってまったくちがう会社にファックスしてしまったのだそうだ。そのため、ついさっき技術本部長に呼びだされ、大目玉を食らってきたところだという。

圭一はあきれた――そりゃあ、本部長に叱《しか》られてショックにちがいないだろう。それにしたって、皆が見ている前で泣くことはなかろうが。

けれども、そんなことはおかまいなしだった。技術部のスタッフ一同唖然《あぜん》とするなか、ラッセルさんはピカソの『泣く女』さながら、ハンカチを口にくわえ、「Oh dear……Oh dear……」と、大粒の涙を流しつづけた。

圭一はいたたまれなくなって、席を立った。しかし、それから喫茶店で三十分ほど時間をつぶし、もういいだろうとフロアに戻ってみると、ラッセルさんは、「何かあったの？」というようなけろりとした顔で、笑っていた。

まるで子供だな、と圭一は思った。


京都への出張も、ラッセルさんと二人で出かけるようになった。

圭一ははじめ、行き帰りの新幹線での時間を楽しみにしていた。ラッセルさんとゆっくり話せるから、ばっちり英会話を勉強できるだろうと思ったのである。

じつは社内で仕事をする分には、よく使う専門用語さえ覚えてしまえば、英語でのコミュニケーションはさほど難しくない。互いに共通のプロジェクトを扱い、共通のキーワードを使って、同じ方向を向いて仕事をしているのだから、意思の疎通がたやすいのは当然といえば当然なのだ。しかしこれでは、英会話の勉強にはならない。

受験英語は得意であった圭一がつくづくムズカシイと思うのは、日常のごくありふれた会話である。なんでもないささいなことでも、いざ英語で話すとなると、言葉が見つからず、はたと考えこんでしまうのだ。日本語をそのまま英語に訳そうとしても、そもそも日本語と英語では発想がちがうから、どうしても無理がある。

ネイティブ・スピーカーの日常会話になるべく頻繁に触れ、その発想や表現のパターンをまるごと覚えてしまうのが、英会話上達のためのもっともよい方法ではないかというのが、圭一の考えだった。だから、ラッセルさんと新幹線の車中で話すのを楽しみにしていたのである。

しかし、考えが甘かった。圭一が何を訊《き》いても、ラッセルさんは「Yes」あるいは「No」と答えるばかりで、たまに短いワンセンテンスのコメントを添えるだけだった。おまけにラッセルさんは、圭一に何も話しかけてこなかった。これでは、会話もヘチマもあったもんじゃない。

圭一はラッセルさんに嫌われていたわけではない。けれども、ラッセルさんは元来無口で、いくら仕事仲間とはいえ、他人と気安く雑談するような人ではなかったのだ。「英国人は、家族や友人以外にはプライベートな話はしない」とはよく言われることだが、たとえそうであるにせよ、ラッセルさんの応対は、あまりにそっけないものだった。

圭一は三度目の出張で会話をあきらめ、必要なとき以外はラッセルさんに話しかけなくなった。

では、ラッセルさんは新幹線の車中で何をしているのかというと、これがまったく何もしないのである。本を読まないのは圭一と一緒だが、コーヒーも飲まずサンドイッチも食べず、外の景色を眺めることもなく、ただ前を向いてきちんと座っている。

電車の中で眠りこけているのは平和ボケしたおめでたい日本人だけだ、という話はどこかで聞いたことがあったが、実際ラッセルさんは、車中で一睡もしなかった。それどころかラッセルさんは、東京から京都までの二時間四十分、リクライニングシートさえ倒さずに、ずっと神経質そうな表情を浮かべ、カッと目を見開いていた。

だからこっちも、新幹線に乗っているあいだじゅう、好きなビールを飲むことはおろか、少しもリラックスすることができなかった。圭一はだんだん、ラッセルさんと過ごす新幹線での時間が苦痛になってきた。

もう一つ、ラッセルさんとの出張で圭一が不満に思うのは、食事だった。

ラッセルさんは来日以来、いっこうに日本食に興味を示そうとしなかった。京都工場の工場長や製造部長が料亭へ連れていってくれたときも、ラッセルさんは、一皿一皿上品に盛りつけられた懐石料理に、いっさい箸、いやフォークをつけようとしなかった。

ラッセルさんは、自分がこれまで慣れ親しんできた料理以外は、見向きもしなかった。日本食が口に合わないのではなく、百パーセント食わず嫌いなのである。

せっかくの懐石もラッセルさんにとっては、えたいの知れぬあやしい料理でしかなかった。ラッセルさんは生ものも受けつけず、刺身はもちろん、肉も少しでも赤い部分が残っていると、絶対に手をつけなかった。

ここ日本においてラッセルさんがもっとも安心し、喜んで入る店――それはなんといっても、ファミリーレストランだ。

ファミリーレストランでラッセルさんがよく注文するのは、コーンスープ、ハンバーグ、グラタン、スパゲティー、山盛りフライドポテトなどである。なかでも煮込みハンバーグとスパゲティー・ナポリタンは、ラッセルさんの大のお気に入りで、「日本のハンバーグとスパゲティーは、ほんとうにうまい」と連発しながら、満足そうに食すのであった。

圭一は、「うまい店だったら、ほかにいくらでもあるのになあ」とため息をつきながら、ラッセルさんのお供をした。しかしラッセルさんにとっては、やはりファミリーレストランのハンバーグとスパゲティーが、何よりのご馳走《ちそう》のようだった。

思い起こせば自分も小学生のころ、デパートの最上階のレストランで食べるハンバーグやカツカレーが、世の中で一番おいしいご馳走と信じていた。

失礼ながら圭一は、「どうもラッセルさんの味覚は、小学生レベルで止まっているようだ」という気がしてならなかった。そういえば小学生のころ、和食なんてぜんぜん興味なかったし、生ものも気持ち悪くて食べられなかった。

圭一がラッセルさんとの京都出張にそろそろ飽きてきた六月の終わり、洗濯用合成洗剤のプロジェクトに異変が起こった。

京都工場で洗剤を生産する話が、ある日突然、お流れになったのだ。圭一にその理由は知らされなかったが、どうも会社同士の折り合いがつかなくなったようである。

幸か不幸か、これで圭一の京都への転勤話は消え、さしあたって辞表を提出する理由もなくなった。しかし、イギリス本社からプロジェクトを推し進めるよう命令が下っている以上、日本支社としては、洗剤の生産に協力してくれる代わりの会社を早急に探す必要があった。

そういうわけで七月は、ラッセルさんと共に各地の工場へ出張した。滋賀、名古屋、長野と毎週のように出張が続き、圭一はなんだか、旅回りをしているみたいな気分になってきた。

どこへ出かけていっても、まずはラッセルさんのためにファミリーレストランを探すのが、圭一の役目であった。せっかくいろいろな地方へ来ているのに、ラッセルさんと一緒では、その土地のうまいものを楽しむこともできなかった。圭一はラッセルさんとの出張の日々に、しだいに辟易《へきえき》していった。

しかし、ラッセルさんにしてみれば、辟易どころの話ではなかっただろう。慣れない異国の地で暮らすだけでも大変なうえに、会社でのプロジェクトもうまくいっていないのだ。ラッセルさんの中には、圭一とは比べものにならぬほど多大なストレスがたまっているにちがいない。

ときどき出張先で、夜中にビジネスホテルの安っぽいベッドで横になっていると、となりの部屋から「ウォーッ」と、ラッセルさんが吠える声が聞こえてきた。

それは、まるで狼の遠吠えみたいにもの悲しく、圭一の耳に響いた。

そうこうしているうちに七月も終わり、事態はさらに悪化した。なんと、洗濯用合成洗剤のプロジェクトそのものが、白紙に戻ってしまったのだ。

他社が今年になって商品化した高密度の洗濯用洗剤が、飛ぶように売れていた。高密度だから、従来の半分以下の洗剤量で、同じだけ洗濯ができるのだ。当然、商品のパッケージも今までよりずっとコンパクトになり、場所をとらなくなった。おそらく近い将来、この高密度洗剤が日本の洗濯用洗剤市場の主流を占めるだろうというのが、マーケティング部の結論であった。

それはそうだろう、と圭一も納得した。圭一の愛してやまないLPレコードでさえ、あっというまにCDにとって代わられようとしているのだ。何につけ軽薄短小が歓迎されるこの時代、洗濯用洗剤のコンパクト化に異議を申し立てる消費者など、一人としていないだろう。

プロジェクトの中止に伴い、すんでのところで、「ドクター・ラッセル、無念の帰国」という事態になるところであった。

しかし、イギリス本社は、「日本においては現地の時流に従い、高密度洗剤を独自に開発していこう」という方針を決定し、引き続きドクター・ラッセルが、その任務に就《つ》くことになったのである。

八月になると、相模原《さがみはら》の自社工場に、高密度洗剤を開発するための機械が搬入された。

そのようにして、圭一とドクター・ラッセルの出張の日々は終わり、今度は相模原工場における高密度洗剤との格闘の日々が始まった。二人にとってはなんともまあ、目まぐるしい環境の変化ではあった。

圭一とラッセルさんは、毎日のように相模原の工場へ向かい、高密度洗剤の試作品を作りつづけた。ラッセルさんが会議などで本社にとどまるときは、圭一が一人で作業を続けた。

暑い夏だった。二人は連日、汗びっしょりになって働いた。木々に囲まれた相模原工場では、セミが日がな一日、にぎやかに合唱を続けていた。

ある日の昼休み、ラッセルさんが不思議そうな顔をして、

「このやかましい音は、いったいなんだ？」

と圭一に訊《き》いてきた。

どうやら、ラッセルさんが住んでいるイギリスの地方では、夏になってもセミが鳴かないらしい。夏になればセミが鳴くのは当たり前と思っていた圭一も、「へえ、セミの鳴き声を

聞いたことがないんだ」と、ちょっと不思議な気持ちになった。

圭一が和英辞典をひっぱり出して、「That's cicada」と答えても、ラッセルさんはピンとこないようだった。ふだんだったらこれで二人の会話は終わってしまうのだが、この日ラッセルさんは、もう一度、圭一に質問してきた。

「どうして彼らは、こんなにうるさく鳴くんだい？」

圭一はしばらく考えてから、こう答えた。

「彼らは大人になるまで七年間も地中で過ごすが、いざ大人になって地上へ出ると、たった七日の命しかないという。だから彼らは、こんなに一生懸命、鳴くのだと思う」

ラッセルさんは、めずらしく圭一の言葉に反応し、大きな声で言った。

「アーッ、ソウ！」

ラッセルさんは妙に納得した様子で、まわりの木々を見渡しながら、「アッ、ソウ」と、何度もうなずいていた。圭一は、ラッセルさんとはじめて会話らしい会話ができたような気がして、なんだかうれしくなってしまった。

来る日も来る日も、圭一とラッセルさんは工場へ通いつづけた。試行錯誤をくり返し、洗剤の粉にまみれ、とにかくたくさんの試作品を作った。一日の作業が終わり、アパートに帰ってシャワーを浴びると、シャンプーを使わずとも自然に頭に泡が立った。

やがて夏も終わりに近づき、ツクツクボウシのどことなく寂しげな鳴き声が聞こえてくるようになった。

八月も終わりに近いある夕方、圭一とラッセルさんは、この日、相模原工場を訪ねてきた技術部のスタッフ数名と、飲みに出かけることになった。

このところ、ラッセルさんは元気がなかった。明らかにホームシックにかかっていたし、暑くて湿気の多い日本の夏に、体のほうも、かなりまいっているようだった。そんな元気のないラッセルさんの姿を見て、技術部のスタッフの一人が、景気付けに一杯やりにいこうと提案した。

日本のサラリーマンとちがって、アフターファイブに会社の同僚と一杯やりにいく習慣などないラッセルさんにとっては、もしかしたらありがた迷惑だったかもしれない。けれどもラッセルさんは、嫌な顔もせずについてきた。

スタッフたちは、「ラッセルさん、こんな店でいいのかな?」と気にしていたが、圭一はあるチェーン経営の安い居酒屋に入ろうと主張した。こういうところはいろんな料理がそろっていて、若者や子供向けのメニューも多いから、ラッセルさんでも食べるものに困らないはずである。ラッセルさんにとっては、ちょっとしゃれた小料理屋などより、ずっと安心できる店なのだ。

あいかわらず日本語もほとんどしゃべれず、無口なラッセルさんだが、唯一、趣味のゴルフの話になると目を輝かせ、懐かしそうに語った。

故郷のイギリスでは、夏になるとサマータイムに切り替わり、仕事が終わったあともまだしばらく明るい。だからラッセルさんは夏のあいだずっと、会社がひけてから近くのゴルフ場へ通い、毎夕二ラウンドずつプレーしていたそうだ。しかも驚いたことに、その公営ゴルフ場のプレー・フィーは、一ラウンドにつき、たった五百円程度ということだった。

たしかにそんな恵まれた環境であれば、圭一だってゴルフに熱中していたかもしれない。ラッセルさんが日本にやってきてがっかりした理由の一つは、ゴルフができないことだったのだ。せせこましく混みあって、料金もバカ高く、しかも企業同士の接待の場と化している日本のゴルフ場の姿に、ラッセルさんは失望したにちがいない。

二次会で連れていかれたカラオケでマイクを持たされると、ラッセルさんは戸惑いながらも、『Green, Green Grass Of Home』を披露《ひろう》してくれた。

ところどころ音程がはずれ、圭一とどっこいどっこいのヘタクソな歌だった。けれども、ラッセルさんの歌には、情感がこもっていた。

「今すぐにでも、ふるさとへ飛んで帰りたい」というラッセルさんの切なる思いが、圭一の胸にひしと伝わってくるのだった。

九月一日、圭一はひさびさに青山の本社へ出社した。

技術部フロアではこの日、部屋の模様替えが行われた。今までばらばらの場所で仕事をしていた洗剤担当のスタッフも、一か所にまとまることになり、四つのデスクが合体してひとかたまりとなった。おかげで、前を見ても横を見ても、スタッフと顔を突きあわさねばならなくなった。ほかの三人も、きっと同じことを感じていただろうが……。

これは、部署ごとに社員のデスクをまとめて、いわゆる島を形成する、日本の会社の典型的なスタイルで、以前圭一が勤めていた商社でも、やはりそのようなデスクの配置をとっていた。

「外資系の会社なのに、なんで今さら日本的なスタイルに戻すのかな」と、圭一は首をかしげたが、まあ文句をつけるほどのことでもないかと思い直し、口には出さなかった。

そして、ラッセルさんのひときわ大きなデスクが、四人のデスクの上座にドデンと据《す》えられた。ラッセルさんはこの日、イギリスからやってくる要人の出迎えで、本社には顔を見せなかった。

翌朝、本社に出社してきたラッセルさんは、自分のデスクの位置を確認するなり肩をすくめ、フーッと大きくため息をついた。

そして、次にラッセルさんがとった行動を目《ま》の当たりにし、圭一のみならず、居合わせた社員全員、開いた口がふさがらなくなった。

——ラッセルさんは、やおらデスクをくるりと百八十度回転させると、うしろ側の壁にピタッとくっつけたのである。

圭一も、まわりのスタッフたちも、ただあっけにとられるばかりで、言葉が出てこなかった。誰一人、壁に向かって仕事を始めたラッセルさんに声をかけようとしなかった。とても声をかけられるような雰囲気ではなかった。

日中、いろいろな部署の社員が技術部のフロアを訪れたが、皆一様に、ラッセルさんに好奇の目を向けた。思わずプッと吹き出す女子社員もいれば、目を真ん丸にして驚く新入社員もいた。陰でこそこそと悪口を言うヤツもいたし、この男にはかかわらないほうがいいという顔をして、部屋を出ていく者もいた。

けれども、壁に向かって黙々と仕事を続けるラッセルさんに、社員たちのリアクションがわかるはずもなかった。

翌日、圭一は相模原工場でラッセルさんと顔を合わせた。

二人はいつもとなんら変わることなく、洗剤の原料を機械に仕込みはじめた。圭一は試作品を作りながら、昨日の件をラッセルさんに話すべきか否か、ずっと考えていた。

日も傾き、そろそろ後片づけを始めようかというときになって、圭一はようやく、口を開いた。

「ラッセルさん、昨日の本社でのことですけど……。あなたが机を回転させ、壁に向かって仕事をしていることを、社員たちはとても奇妙に思っていますよ」

ラッセルさんは急に驚いた顔になって、圭一に訊《き》き返してきた。

「えっ！　それはほんとうか？」

「ええ、あなたの行為をよく思っていない社員もいます」

圭一は続けた。

ラッセルさんは、「Jesus Christ !」とうめくように言うと、信じられないという顔をして頭を抱えてしまった。

そんなラッセルさんの反応に、圭一もまた、びっくりした。まさかこんなに驚くとは、思ってもみなかったからである。

このときまで圭一は、「ラッセルさんは、まわりの人々のよからぬ反応に、ある程度気がついているだろう」と思っていた。そしてまた、「ラッセルさんは、批判されるのは覚悟のうえで、ある意味開き直って、あのような行動をとったのだろう」と、かってに思いこんでいた。

しかし、そうではなかった。ラッセルさんは何も考えていなかったし、何も気づいていなかった。ラッセルさんはただ純粋に、自分のやりたいようにやっただけなのだ。

その事実を知って、圭一は少なからずショックを受けた。

圭一はこれまで、人目など気にせず、自分の思うまま、自由に行動してきたつもりだった。しかし、決してそうではなかったのだ。実際は絶えず人目を気にし、他人が自分の行動をどう思っているか心配しながら、こそこそと生きてきたのだ。

そのことを、圭一はラッセルさんによって思い知らされたのだった。

帰りの電車で、ようやくショックがおさまってくると、今度は後悔の念に襲われはじめた。やはりラッセルさんに話すべきではなかったかもしれないな、と圭一は思った。

——自分の不用意なひと言で、ラッセルさんの心はどんなに傷ついたかしれない。どうしてラッセルさんを、そっとしておいてあげられなかったのだろう。

圭一はその夜、なかなか寝つくことができなかった。

翌日は本社勤務だった。会社へ向かいながら、圭一はずっと、「心身共にまいっているラッセルさんに、さらに追い討ちをかけてしまったかもしれない」と、心配していた。

重い足を引きずるようにして技術部のフロアに入っていき、顔を上げた圭一は、一瞬わが目を疑った。

――ラッセルさんのデスクは、ふたたび百八十度回転し、すっかりもとの位置に戻っていたのだ。

デスクに座ったラッセルさんは、部下たちのほうを向き、すでに仕事にとりかかっていた。

その姿はごく自然で、なんの違和感もなかった。

ラッセルさんは圭一に気がつくと、右手を上げてにこやかに笑い、太く大きな声で言った。

「オッハヨウゴザイマース、カッワフーチサン！」


その日から圭一の中で、何かが変わった。ラッセルさんとの一件は、ほんのささいな出来事だったかもしれない。けれども圭一にとって、それは衝撃的ともいえる事件であった。

「自分に正直に生きるとは、どういうことだろう」と、圭一は考えた。

これまで自分がしてきたこと――残業をいっさいしなかったり、有給休暇をすべて消化したり、あるいは辞表を引き出しに忍ばせたり……。これらのことは、自分が正しいと思ってやったことだし、たしかに正当な面もあった。

しかし、はたして自分は、ラッセルさんのように純粋にそうしたいと思って、それらの行動をとったのだろうか？　それとも、会社への反抗心から、世の中に対する不満から、あるいは格好をつけようとする気持ちから、そのような行為に及んだのだろうか？

マイペースなどと口では言いながら、圭一は、ほんとうの意味で自分に正直に行動してはいなかったのだ。思うままにやっているつもりでも、いつも何か後ろめたい気持ちが残るのは、たぶんそのせいであった。

では、自分に正直に生きるためには、いったいどうしたらよいのだろう。

そのためには、しっかりと自己を持たなければならないということに、圭一は気がついた。そもそも自己がなければ、自分に正直に生きられるはずもないのである。そしてそのように考えると、あやふやな自己しか持たない圭一は、なんとも空しい気持ちになるのだった……。

この日を境に、圭一の生き方が変わったわけではない。けれどもここ数年、あえて何も考えようとせず、毎日をうやむやに過ごしてきた圭一にとって、この事件は一つの転機となった。

少なくとも圭一は、自分の生き方をもう一度、考え直さざるをえなくなったのである。

自分らしく生きるとはどういうことか、自分にとって大切なものは何か――そういった問題を、圭一はときどき自らに問うようになった。もちろん容易には、その答えにたどり着くことはできなかったけれども。

その後も、圭一とラッセルさんの相模原工場での日々は続いた。

あいかわらず、必要最低限の仕事しかこなさず、月に一度は有給休暇をとっていた圭一だが、以前ほど不満たらたらではなくなり、それなりに楽しんで毎日を過ごすようになった。

秋が深まり、高密度洗剤の商品化のめどが立つと、生産工場を求めて、ふたたびラッセルさんとの出張の日々が始まった。

ファミリーレストランでの夕食も、ずっと無言で過ごす新幹線での時間も、以前ほど苦痛ではなくなった。圭一はラッセルさんと二人でいるときも、なるべくリラックスして、自分のやりたいようにやろうと心がけた。もちろん無理にではなく、あくまで自然体で。

ラッセルさんも、徐々に日本での生活に慣れ、旅先でもくつろげるようになった。新幹線の車中では落ち着いて本を読むようになり、夜中にビジネスホテルの部屋で、「ウォーッ」と吠えることもなくなった。

ラッセルさんと圭一の旅先での時間は、静かに、ゆったりと流れていった。

＊

あれから二十年近くの時が流れた。

今でもときどき、私はラッセルさんのことを思い出す。そしてそのたびに、いつのまにかほのぼのとした気分になって、微笑んでいる自分に気づくのである。

——ラッセルさん、今ごろどうしているだろう？

故郷のイギリスの町で、思うぞんぶん手足を伸ばし、家族と楽しい時を過ごしているだろうか？　サマータイムにはあいかわらず、好きなゴルフに熱中しているだろうか？

ドクター・ラッセル——まごうかたなきイギリス紳士である。

6 リヴィング・イヤーズ

はじめにおかしくなったのは、ラッセルさんだった。

年が明け、一九八八年を迎えても、洗濯用合成洗剤のプロジェクトは、なかなか前進しなかった。新製品として売り出すためのコンセプトが明確でないうえに、生産のための協力工場も見つかっていなかった。

ようやく日本での生活に慣れてきたラッセルさんだが、このところ、仕事のストレスが日増しに大きくなっているようだった。

本国での二週間のクリスマス休暇を終えて日本に戻ってくるなり、ラッセルさんは胃潰瘍《いかいよう》を患《わずら》い、一週間ほど会社を休んだ。その後、出社するようになっても、ラッセルさんはずっと青い顔をしてゲップばかりしていた。体調が悪いばかりでなく、精神的にもかなりまいっているように見えた。

もともと少し変わったところがあるラッセルさんだが、最近のふるまいは、とても笑ってすまされる感じではなかった。はたで見ていても、「大丈夫かな、ラッセルさん」と心配になるような、危うい行動であった。

本社でデスクに座っていても、しばしば焦点の定まらぬ目で、ぼんやりと遠くを眺めている。そうかと思えば、いきなり「ウオッ」と叫んだり、不気味に「フフフ」と笑いだしたりして、まわりのスタッフをびっくりさせるのである。相模原の工場へ出かけるときも、道すがらずっと、何やらブツブツつぶやいていた。

そんなラッセルさんの姿を見て、僕は気の毒に思ったけれども、どうすることもできなかった。僕のヘタクソな英語で中途半端に話しかけたりしたら、かえってラッセルさんを煩《わずら》わせてしまうような気がしたのだ。

そのころ僕は、ある一枚のレコードを、毎晩のようにくり返し聴いていた——英国のロックグループ、ピンク・フロイドの名盤、『The Dark Side Of The Moon』である。

十五年も前に発売されたアルバムだが、あまのじゃくの僕はロックファンなら持っていて当たり前というほど爆発的にヒットしたこのレコードを、つい最近まで聴こうとしなかった。

しかし、レコードがCD化の一途をたどりはじめた二年前、僕は「今のうちにオリジナルのLP盤を、なるべくたくさん買い集めておこう」と思い立った。そしてボーナスをつぎこみ、二年間で二百枚のLP盤を購入した。

『The Dark Side Of The Moon』は、そのなかの一枚だった。

心臓の鼓動音から始まるこのレコードは、人生におけるさまざまなストレスや苦悩をテーマにうたいあげた、いわゆるコンセプト・アルバムである。タイトルは「日常の裏側にあるもう一つの世界」というような意味で、それはすなわち、人間の持つ狂気を暗示していた。ぴりぴりぴりするような緊張感のなか、ハッとするほど美しくきらめくサウンド。男が走りまわる靴音や、いっせいに鳴りだす種々の時計のベル音、レジスターの機械音など、随所にちりばめられた効果音。そして、仕事のストレスや金銭問題、時間との戦いや老いへの恐怖といった、人間の宿命を綴《つづ》った歌詞……。その内容すべてに、僕は圧倒された。

決して、人を楽しませ、気持ちよくさせる音楽ではないはずなのに、自分を含めた全世界の人々がこのアルバムに魅了されていった理由は、いったいなんだろう？

それはおそらく、このアルバムでうたわれるストレスや苦悩といったものが、現代に生きるすべての人間が抱えている普遍的な問題であるからだろう。英国であれ、日本であれ、ごくふつうのサラリーマンの上にのしかかるストレスや苦悩は、基本的に一緒なのである。

そしてわれわれは皆、日常の生活に潜《ひそ》む狂気の世界と、すぐとなり合わせに暮らしているということだろうか？

僕ははじめのころ、ストレスに苦しむラッセルさんの姿を重ね合わせながら、『The

Dark Side Of The Moon』を聴いていたように思う。

僕は二十九歳になった。二十代もあと一年で終わると思うと、なんだか不思議な気持ちになった。

テニスと音楽鑑賞にうつつを抜かし、気楽な日々を送っているこの僕にも、それなりにストレスはあった。しかしそれは、仕事上のストレスではなかった。

二年前、あの運動会の日に出会って以来、僕はずっと朋子のことを想いつづけていた。そして去年の夏ついに、僕は思いきって電話をかけ、彼女をデートに誘ったのだ。

それから、朋子とのつきあいが始まった。

月に一度のペースで、二人で映画を観にいったり、食事をしたりした。デートをしてくれるのだから、朋子は僕のことを嫌いなはずはなかった。けれども、彼女はいつまでたっても、僕を恋人として認めようとはしなかった。

朋子は、月に一度しか会ってくれなかったし、必要以上に深い関係になることを恐れているようにも見えた。僕は、彼女のそんな態度が不満だった。早く恋人同士の関係になって、これからのことを心置きなく話しあいたいと願っていた。

しかし、朋子はそうは思っていなかった。彼女がいったい何をためらっているのか、わからなかった。もしかしたら、僕のことをそれほど好きじゃなかったのかもしれない。

「いつか彼女だって、本気になる日が来るさ」と自分に言い聞かせ、僕はあきらめずに朋子をデートに誘いつづけた。

ときどき朋子は、僕に向かってこんなことを言った。

「あなたって、ある晴れた日に、ふっとどこかへ飛んでいっちゃいそうな……そんな感じがする人ね」

「まさか、そんなわけないだろう。だいたいそういうことは、ちゃんとつきあってから言ってほしいね」

僕はムッとした。すると朋子は、いつもの癖で、ちょっぴり首をかしげて笑うのだった。

「あっ、そうか、ごめん……。でもなんとなく、そんな気がしちゃうのよね」

僕は少し悲しくなった。こんなに真剣につきあおうとしているのに、朋子がどうしてそんなことを言ってくるのか、僕には理解できなかった。

もう一つ、ストレスの種があった。去年、ラッセルさんとのちょっとした事件を経験して以来、僕は自分の生き方を見直すようになった。

ラッセルさんにも、会社に対しても、とくに不満があったわけではない。けれども、僕はこのごろ、「自分はこのままでいいのだろうか？」という、漠然とした不安を感じはじめていた。そしてときどき、「いったい、おまえは何をやりたいのだ？」と、自らに問いかけるようになった。

考えてみれば、自分は大学を卒業しただけで、なんの資格も専門技術も持っていなかった。多少英語が話せたとしても、このままでは単なるメッセンジャー・ボーイにすぎない。自分のような協調性に欠けるわがままな人間は、やはりきちんと勉強して、何か資格を持つか、専門技術を身に付けるしか生きていく道はないような気がした。

しかし、いったい何を身に付ければよいのやら、皆目、見当がつかなかった。

——何も考えないで生きていくのは、かえってつらいことなのかもしれないな。

今ごろそんなことに気づいた僕は、いいかげんに過ごしてきた二十代の日々を後悔し、ため息をつくのだった。

「朋子と結婚して平和な家庭を築き、無難な人生を歩んでいこう」という思いと、「やはりもう一度勉強し直して、自分らしい生き方を見つけよう」という思いは、たしかに少々矛盾《むじゅん》していたかもしれない。しかし、その両立が不可能であるとは、僕は思っていなかった。

けれども……そんなことを考えても、空しくなるばかりだった。なにしろ、朋子とのつきあいもうまくいっていなければ、自分のやりたいことも見つけられずにいるのだ。両立どころか、どちらか一方でさえ実現できない可能性が大であった。

思いどおりにいかぬ現実に、僕はいらだち、自分の中に少しずつストレスをためていった。僕はあいかわらず毎晩、『The Dark Side Of The Moon』を聴いていた。そして、そのストレスと苦悩に満ちた狂気と紙一重の世界に、しだいしだいに自分の姿を重ね合わせるようになっていった。

四月になると、ラッセルさんは急速に元気を取り戻していった。ようやく家族全員が来日し、ラッセルさんと一緒に住むようになったからだ。

それにしても、拍子抜けしてしまうほどのラッセルさんの回復ぶりだった。これまでラッセルさんを苦しめてきたもろもろの病が、嘘《うそ》みたいにけろりとなおってしまったのだ。

家族が来日した翌日から、青白かった顔が急につやつやしだし、明らかに歩幅が大きくなり、声もでかくなった。奇声を発することもなくなれば、ブツブツ言う独り言も聞かれなくなった。ラッセルさんは、「小学生の息子が日本になじむかどうか心配だ」などと言いながら、ニコニコとご機嫌にデスクに向かった。

こんなものなのか、と僕は思った。もちろん、ラッセルさんが元気を取り戻してなによりだが、なんだか心配して損したみたいな気分になってしまった。

いっぽう僕は、ゴールデンウイーク最終日に、とんでもないヘマをやらかした。テニスボールで目を負傷したのだ。

その日、僕はいつものように千葉のテニスコートで、仲間たちと乱打していた。先輩が力まかせに打ったホームランボールが、うなりをあげて飛んできた。よせばいいのに、僕はバカみたいにジャンプして、そのくそアウトボールに飛びついたのだ。

ボールはラケットのフレームに当たって方向を変え、まっすぐ僕の右目に向かって飛んできた。よける間もなく、気がつくと僕は、コートの上にうずくまっていた。

同期の仲間に駅まで送ってもらい、そのまま病院へ直行した。検査の結果、幸い角膜も網膜も、大事に至っていなかった。念のためということで、僕は網膜剝離《もうまくはくり》を防ぐためのレーザー治療を受けた。会社は二日休んだだけで、出社することができた。

けが自体はたいしたことはなかったが、僕はかなり落ちこんだ。最近、何もかもうまくいっていないのに、唯一の気晴らしであったテニスでも、こんな失態を演じてしまうとは……。テニスボールにまでバカにされたような気がして、僕は心底情けなくなった。

そんなささいなことがきっかけで、僕は精神的にとても不安定な状態に陥《おちい》っていった。

僕は、なにごとにも集中できなくなり、当然仕事にも支障をきたした。書類を読もうとしても、アルファベットが目の前を通りすぎていくだけで、ちっとも内容を理解できなかった。

まばたきをするたびに、目の前でいくつもの黒い点が、うようようとうごめいた。その動きがうっとうしくてしかたがなく、僕はときどき、「うわーっ！」と叫びたい気分になった。

ついこのあいだまでのラッセルさんの気持ちが、今になってわかったような気がした。

僕は会社を休みがちになり（とくに雨の日は、出かける気にならなかった）、たった二か月で一年分の有給休暇をすべて使いきった。

きっかけはささいなことだったが、たぶん、いろいろなことが長い時間をかけて積み重なった末に、このような事態を迎えたのだろう。

自由気ままに生きているつもりでいて、そのじつ、常に後ろめたさを感じていた二十代の日々。ようやく自分を見つめ直しはじめたまではよかったが、答えが見つからないまま迷路に入りこんでいったこの半年間。そして、朋子とのつきあいがうまくいっていないこと……。

これらもろもろのことがストレスとなり、ゆっくりと僕の中に蓄積していったのかもしれない。そして、今回のささいなけがをきっかけに、たまっていたストレスが自分の許容量を超えてしまい、精神のバランスを保てなくなったのだ。

梅雨も明けやらぬ七月半ば、僕はついに、完全なひきこもり状態へ入っていった。

どんなにがんばっても、足が外に向かって一歩も踏み出そうとしなくなった。僕はアパートの狭い部屋にひとり、こもりつづけた。

――一日じゅう、僕は何もしない
新聞も読まない、テレビも見ない
あんなに好きだったレコードさえ、聴きはしない
何も考えず、ただベッドに横たわっているだけ
そう、何も考えたくない
ときおり、シーンと静まりかえった部屋に
電話のベルが鳴りひびく
そのたびに、僕はおびえる
受話器を取りたくない
でも、取らなくてはならない
三度に一度、しかたなく電話に出る
体の調子が悪い、と会社に嘘《うそ》を言うため
元気だ、と母にしらばくれるため
三日に一度、Tシャツと短パン姿のまま
コンビニに食料を仕入れにいく

でも、だれとも顔を合わせたくない
だから、通りでも店でも
ずっと下を向いたまま
それなのに、なぜだろう？
朋子にだけは会いたい
月に一度のデートの日、僕はむっくりと体を起こす
五日ぶりにシャワーを浴び、ひげをそり
十日ぶりにズボンをはく
駅にたどり着き、人混みを前にすると
どうしようもなく足がすくむ
でもがんばって、待ち合わせの場所へ向かう
朋子に会うと、精いっぱい自然に
「やあ」と、声をかける
僕は自分の状態を、ひた隠しに隠す
朋子はもともと僕のこと、不安定な人間と思ってる
だからこれ以上、弱みを見せちゃいけない

朋子に気づかれないよう、努めて明るくふるまう
だけど内心、ずっとびくびくしている
こんなにはしゃいだら、わざとらしいかな？
僕の異常に、朋子は気づいてないだろうな？
朋子と二人で居酒屋に入り、夕食を食べる
なんの味もしない、ゴムみたいな焼き鳥
もぞもぞしたサラダ、ぐちゃぐちゃの冷《ひ》や奴《やっこ》
ビールでやっと、胃袋に流しこむ
今日も、なんとか気づかれることなく
別れのときがやってくる
さみしいけれども、ホッとする
アパートに帰ると、すぐさまベッドにもぐりこむ
疲れきった僕は、翌日の午後まで
死んだように眠りつづける
そしてまた、眠れぬ夜を迎える……

僕がひきこもり状態になったころ、ラッセルさんはちょうど夏休み休暇でイギリスへ帰っていた。しかし八月になると、このまま事態を放置しておくわけにはいかなくなった。会社に休職願を出すために、医師の診断書が必要だった。でも僕は、何も考えたくなかったし、動きたくもなかった。はっきり言って、今は会社のことは思い出したくなかった。「いつかきっと、僕の頭はもとに戻る。だからどうか、このままほうっておいて」というのが、僕の切実な願いであった。

しかし、事情を知って心配した母は、僕をほうっておいてはくれなかった。僕はずいぶん抵抗したが、結局母の説得に応じ、車に乗って郷里の病院へと向かった。

精神科医の診断は、「うつ病」だった。病気の名前など、僕にはどうでもよかったが。

医師は二種類の薬を処方し、念を押した。

「君は立派なうつ病だ。だから、きちんと薬を飲みなさい。飲まないと、いつまでたってもなおらないし、もっと病状が進んで危険な状態になるよ」

嫌だった。

薬を強要されること自体、気に入らなかったし、薬に自分の頭をコントロールされるなんて、考えるだけでゾッとした。

——いくら精神のバランスを崩していても、僕は僕なのだ。こんな薬を飲んでしまったら、自分が自分でなくなってしまい、正真正銘、狂気の世界へと足を踏み入れてしまうのではないか。

僕は薬の治療に対し、そのような反発心と不安感を抱いていた。だからどうしても、薬を飲む気にはなれなかった。

医師も母も、しばらく実家にとどまることをすすめたが、僕は頑として聞き入れず、その日のうちに東京のアパートへ戻っていった。帰り道、駅のホームで、僕は処方された薬を袋ごとゴミ箱へ投げ捨てた。

その後も僕はひとり、アパートの暗い部屋にこもりつづけた。

一九八八年の夏は、とても夏といえたものではなかった。いつまでも梅雨が明けず、来る日も、来る日も雨が降った。夏らしくカッと晴れた暑い日は、数えるほどしかなかった。

夏が大好きな僕は、じりじりと照りつける太陽が待ち遠しくてたまらなかった。

――夏の太陽が、きっと僕の気分を楽にしてくれる。

そう思い、僕はひたすら梅雨明けを待った。けれどもその年に限って、太陽はちっとも顔を見せてくれなかった。

――いったいどうなっているのだ！　なんで、今日も雨なんだ！

僕はアパートの窓から何度も首を出し、上空を見上げては天を恨んだ。結局、はっきりした梅雨明けもないまま、八月は終わってしまった。

九月はじめ、僕は突然、サイパンへ行こうと思い立った。

サイパンでもどこでもよかったのだが、とにかく太陽を拝みたかったのだ。さんさんと降り注ぐ陽光が、僕の心を晴らしてくれるにちがいないと信じていた。

僕は四日間のツアーに、一人で参加した。空港までの道のりと三時間のフライトは、僕にとって、かなりつらいものだった。

けれども、サイパン空港に降り立ったとたん、南国の圧倒的な太陽が容赦なく照りつけてきた。待ちわびた陽光を体いっぱいに浴び、僕はとても幸せな気分になった。

チェックインをすますと、さっそくホテルの前に広がるビーチへ向かった。

僕はきらきらと輝く海で心ゆくまで泳ぎ、青空へ向かってひさびさにフリスビーを投げた。

途中から島の少年がやってきたので、二人で暗くなるまでフリスビーを投げあった。日が暮れると、僕は少年にフリスビーをプレゼントして、ホテルへ戻った。

たった一日で、ずいぶん気分がすっきりした。

やっぱり、思いきって旅行をしてよかったな、と僕は思った。

翌日の午前中は、島内観光ツアーに参加した。

　バスが最後に寄ったのは、「バンザイクリフ」という断崖だった。歴史が苦手な僕は、この日はじめて、その断崖の名の由来を知った。

　太平洋戦争の末期、サイパン島に上陸してきたアメリカ軍が、島で戦っていた日本兵に、投降を呼びかけた。すると、アメリカ軍の捕虜になることを潔《いさぎよ》しとしない日本の兵士や民間人たちが、「天皇陛下バンザイ！」と叫びながら、次々と断崖から身を投げていったのだという。

　高さ八十メートルの崖の上から、次々と打ち寄せる波を眺めているうちに、僕の気分は、ふたたび暗く、重く、沈んでいった。

　眼下に広がる海は、どこまでも、どこまでも、悲しいくらい青かった。

　残りの二日間は、ずっとビーチで過ごした。

　僕は、海底に生息するやたらカラフルなナマコの群れを眺めながら、一日じゅう泳いだ。重苦しい気分を振り払おうと、ただひたすら泳いだ。しかし、心が晴れることは、二度となかった。

　結局、僕はヘトヘトに疲れきって、アパートへ戻ってきた。

　その後一週間、僕はベッドから起き上がることができなかった。残念ながら病状は、さらに悪化してしまったようだ。

精神科医は、僕が一人でサイパンへ旅行に出かけたことを聞き、「どうして止めなかったんだ。自殺したらどうするつもりだ」と、母を責めた。

たしかに、うつ病患者には自殺する人が多いと聞いたことはある。けれども、僕には自殺願望など、ひとかけらもなかった。そんな恐ろしいこと、憶病者の自分が考えるはずもない。そもそも僕がうつ病だなんて、たった一人の精神科医が、かってに決めただけのことなのだ。自殺願望がないことは、精神科医に話してあったはずだ。彼は、僕の言葉を聞いていないか、あるいは信じていないかのどちらかであった。いずれにしても、彼とはまったくコミュニケーションがとれていないのだ。

そう思うと、僕は二度とその精神科医に会いたくなくなった。

医者が代わっても、大差はなかった。

あいかわらず彼らとは馬が合わなかったし、薬はすべてゴミ箱行きだった。ただ診断書を書いてもらうために、僕は月に一度の病院通いを続けた。

それでも十月になり、さわやかに晴れた日が多くなるにつれ、しだいに気分が楽になってきた。

秋晴れが何日か続いたある日、僕は思いきって会社へ出かけた。

課長もラッセルさんも、三か月前と同じように僕を迎えてくれた。ほんとうに、ありがたいことだった。それなのに僕は、一時間とデスクに座っていられなかった。たくさんの人が行き交うオフィスにいることに、僕はすぐに耐えられなくなった。窒息してしまいそうな気がして、居ても立ってもいられなかった。

僕はトイレに行くふりをして、エレベーターへ向かった。そして、逃げるようにしてビルから出ると、思いきり外の空気を吸いこんだ。

僕は通りをふらふら歩いていき、たまたま目についたパチンコ屋に入った。

しかし、かつてあれほど居心地のよかったパチンコ屋も、すでに僕の来る場所ではなくなっていた。耳をつんざくような場内放送と、もうもうたる煙草の煙に耐えられず、僕は座りもせずに店を飛び出した。

それから、どこをどう歩いて駅にたどり着き、電車に乗りこんだのか、まったく覚えていない。気がつくと、僕はアパートのベッドで、ぐったりと横になっていた。

十一月、精神状態はふたたび悪化した。僕は、ベッドからほとんど起き上がらなくなり、長い冬眠へと入っていった。

母からは毎週のように宅配便が届いていたが、荷物は開封されることなく、玄関の脇に、うずたかく積まれていった。やがて荷物の山から、果物が発酵したようなにおいが漂いはじめた。

つらいのは、電話だった。

電話の呼び出し音に、僕は異常なほど敏感に反応した。ベル音がけたたましく鳴るたびに、僕はびくっとおびえ、頭から布団をかぶった。ほとんどパニック状態だった。

もちろん電話には出たくないし、いっそのこと電話線を引き抜いてしまいたかった。しかし、それはできなかった。

電話は、一人きりの世界と外界とをつなぐ、唯一のラインだった。もし受話器を取らなければ、母や会社の同僚やテニス仲間が心配して、いずれここまでやってくるだろう。そして彼らは、僕を病院へ送りこむかもしれないのだ。

それだけは避けたかった。とにかく僕は、朋子以外の誰にも会いたくないのだ。

たとえ受話器を取っても、僕はしゃべりたくないし、実際、何もしゃべれない。ちゃんと生きていることを示すため、「はい」と「うん」だけは言う。けれども、それ以外の言葉は、いっさい口にしない。

母が、「圭ちゃん、元気なの？　ひと言でいいから、しゃべってちょうだい」と懇願しようが、ラッセルさんが、「カワフーチサン、Why don't you come and work with me again？

I need you!」と言ってくれようが、僕は何も答えない。答えられない。

つらい……。でも、どうしようもない。

そんな状態でも、朋子との月に一度のデートは続いていた。しかしもう、彼女に事実を隠し通すことはできなかった。これ以上無理をして平静をよそおったら、それこそ危ないことになると感じたからだ。

朋子と会っているときの僕は、ふだん一人でこもっているときの姿に比べれば、ずっとまともだったと思う。それでも僕は、喫茶店で突然言葉が出てこなくなったり、人混みを前にして足がすくんだりしてしまうのだった。

そんな僕の姿を目《ま》の当たりにして、朋子がいったい何を思ったかはわからない。

朋子は僕を、怖がって避けたりしなかったし、無理に元気づけようともしなかった。彼女はただ、だまって僕を眺めていた。そしてそのほうが、今の自分にはありがたかった。

病院へも、やはり月に一度、通いつづけていた。朋子に会いにいくのとはちがい、病院へ向かう足は、ほんとうに重かった。

月に一度医者に診《み》てもらったところで、無意味なことはわかっていた。医者たちがいくらそうだと言っても、僕は自分が典型的なうつ病だとは思わなかったし、薬を飲むつもりもなかった。

しかし、母の心配を考えると、受診だけは継続しておかねばならなかった。

その後もいっこうに回復の兆《きざ》しが見えぬまま、時間だけが刻々と過ぎていった。いつのまにか年が暮れていき、気がつけば、一九八九年になっていた。

クリスマスも正月も、僕はずっと部屋にこもりきりだった。正月の二日に母がアパートへやってきて、玄関先にお節料理《せちりようり》を置いていってくれた。ありがたかったが、黒豆と伊達《だて》巻《まき》以外は、ほとんど食べられなかった。

年が明けても、不毛な病院通いは続いた。僕は結局、三人の精神科医に診てもらったが、どの医者の対応も似たり寄ったりだった。三人ともそろって僕をうつ病と診断し、そのうえ、まったく同じ薬を処方した。

彼らの目から見たら、僕は典型的なうつ病のケースだったのかもしれない。しかし僕からすれば、三人ともが同じ診断名をつけ、同じ薬を処方し、同じ対応をするのは、かえって不自然なことに思われた。

たとえ、ほんとうにうつ病であったとしても、その症状のあらわれ方は、患者によってさまざまであるはずだ。だから治療に関しても、もっといろいろなアプローチのしかたがあってもいいのではないか、と僕は感じていた。

そして、それ以上に僕が不思議に思ったのは、医者たちがコミュニケーションをとろうとしないことだった。もちろん彼らは、病状に関していろいろと質問してきたけれども、それはあくまで病気に関しての質問であって、決して僕という人間に対する質問ではないのだ。医者たちはいつもほとんど無表情だし、僕の心を少しでもなごませ、気分を楽にさせようなどと心を配ったりはしない。そのかわり、彼らは口を酸っぱくして言いつづける。

「ちゃんと薬を飲みなさい。きちんと飲んでいれば、必ずなおるから」

医者たちは、僕が薬を飲んでいないことを知りはしない。そんなことすら、彼らはわかっていないのだ。

自分に興味を持っていない人間に、ほんとうのことを話す気になるだろうか？　ニコリともせず、能面のような顔をしている人間に、心を開きたいと思うだろうか？

そもそも人間同士としてふつうの会話ができていないのだから、治療など成り立つはずもなかったのだ。

そして二月の受診日、病院の待合室で、ふとこんな考えが頭をよぎった。

「このくらいなら、僕のほうがよっぽどマシな医者になれる」

どうして突然、そんな大それたことを思ったのか、自分でもわからなかった。

なぜならば、医業というのは、僕がこれまでもっとも敬遠してきた職業であったから。

そして僕は、ひさしぶり——じつに何年かぶりに、医者であった父を思い出した。そういえば、明日は父が亡くなってから七年目の命日だった。

三月になって、ようやく少し、気分が楽になってきた。

しかし、小康状態のあとにふたたび病状が悪化することがこれまで何度もあったので、楽観はできなかった。このまますっきり、もとの精神状態へ戻ってくれるとは、とうてい思えなかった。

アパートの窓から、暖かな陽光が射しこんでくるようになったある日、僕はめずらしく、ラジオでも聴いてみようかと思った。

僕は十代のころずっと聴いていた、FEN局にチューニングした。

懐かしかった。けれども、昔みたいにラジオにかじりつき、一曲一曲、夢中になって聴き入ることはなかった。次々と流れてくる曲を、僕はただ聞き流していた。

一時間ほどたったころ、ラジオからシンセサイザーの重厚なイントロが流れてきた。一瞬、僕の耳が反応した。

「ん？」

はじめて聞くその曲に、思わず耳を傾けた。しかし、集中は一分と続かなかった。僕はふたたび、曲を聞き流しはじめた。

　次の日も、また次の日も、その曲は流れてきた。そのたびに、僕は自然と耳を傾けているのだった。かなりシリアスな雰囲気を持つが、それでいてポジティブな姿勢を感じさせる曲だった。一週間もすると、その曲のコーラスが頭から離れなくなっていた。

『リヴィング・イヤーズ』というタイトルのその曲は、どのような歌詞なのか、いったい何がうたわれているのか、なぜだかとても気になった。もともとヒアリングは得意でないが、今の頭の状態では、歌詞の聞き取りはなおさら困難だった。

　僕はベッドから起き上がると、ほぼ一年ぶりに街まで買い物に出かけた。

　三店目のミュージックショップで、僕はようやく、マイク＆ザ・メカニックスというグループの『The Living Years』を手に入れた。そのLP盤のジャケットは、激しく波しぶきをあげる海を前にして、ひとりたたずむ男のうしろ姿であった。

　アパートに戻るとさっそく、レコードをプレーヤーのターンテーブルにのせた。

『The Living Years』の歌詞は、ある男の父親に対する心情を綴《つづ》ったものだった。

　――男は若いころから厳格な父に反発しつづけ、父の期待に背《そむ》いてミュージシャンの道を選んだ。大人になってからも父に歩み寄ろうとしなかった男は、結局何ひとつ伝えることができないまま、父を亡くしてしまう。死に目に会うことすらできなかったのだ。

その年の暮れ、男は自分の子を持った。生まれてきた子の産声に、男はなぜか、忘れていた亡き父の魂を感じる。わが子を持ってはじめて、父の声が聞こえてきたのだ。

そして男は、今さらながら後悔するのであった。父が生きているうちに、もっと話しておくべきだった、と。

この歌はしかし、父親に対する後悔の念をうたっただけのものでは、決してない。歌の中には、「運命に屈して、未来を台なしにしちゃいけない。あきらめなければ、きっといつか、新たな展望が開けてくる」という、前向きなメッセージが込められていた。

そして男は、自らの体験を踏まえ、呼びかける。世の反目しあう親子たちへ。そして、互いに歩み寄ることを忘れてしまった、現代に生きるすべての人々へ。

――ちゃんと向きあって、大きな声で本音を語りあおうよ、と。

僕はまる二日間、『リヴィング・イヤーズ』を聴きつづけた。

何度もくり返し聴いているうちに、頭の中にわが父の生前の姿が、しだいしだいに鮮明によみがえってきた。そして同時に、ずっと停止していた思考が、少しずつ動きはじめた。

僕は、自分と父の関係を重ね合わせながら、『リヴィング・イヤーズ』を聴いた。聴き終わったあとも、ずっと頭の中で、コーラスがリフレインしていた。

思えば父の死後七年間、僕はあえて父を思い出そうとしなかった。その理由はこういうことだろうと、僕は自分なりに分析していた。

たぶん最初の二年間は、あのことを思い出したくなかったのだ。当然のことだが、父の思い出は、あの忌まわしいホテル火災の生々しい記憶と直結した。だから意識的に、僕は父のことを思い出さないようにしていたのだろう。

事故の記憶がある程度うすれたその後の五年間は、また別の理由からであった。

父が亡くなったあと、自ら脇道にそれていった僕は、軌道を修正することもなく、その日暮らしの日々を送ってきた。しかし、自由気ままに毎日を過ごしながらも、父の期待に背いてしまったという思いが、心のどこかにあったような気がする。

厳格だった父の期待を裏切るような生き方をしているがために、自分は父のことを思い出したくないのだ、と僕は思っていた。

しかし、『リヴィング・イヤーズ』をくり返し聴いているうちに、僕はハッと気がついた。この後ろめたい気持ちが、ほんとうはどこから来ていたのかということに。

あの夜――ホテルニュージャパンで最後の晩餐《ばんさん》をとったあの夜、父は別れぎわに、こう言った。

「これからは、どんなことでも相談しろよ」

もちろん、とうにこの世を去ってしまった人間に、今さら相談できるはずもない。けれども、僕は今の今まで、父が最後にかけてくれた言葉を思い出そうともしなかった。

今になってようやく、父の思いがひしひしと胸に迫ってきた。父はこの世にいなくとも、自分の中に生きつづけている。なぜならば、父は僕を愛していたからだ。

それなのに僕は、父に相談するどころか、話しかけさえしなかった。僕は狭い世界に閉じこもり、父に背《そむ》いて生きる自分のイメージをかってに作りあげ、そして自らを責めていたのだ。

この後ろめたさは、単に父の期待に背いたことから生じたものではない。ほんとうは、死の直前、せっかく自分に歩み寄ってくれた父に心を開こうとせず、向きあおうとしなかった、この七年間の意固地な自分に対する後ろめたさであったのだ。

――たしかに遅かったかもしれない。でも僕は、間にあったのだ。父はその最後の日に、自分の思いを息子に伝えるため、僕のもとへやってきてくれたのだ。

「これからは、親父に相談してみようか」と、僕は思った。

――この世にいない人間に相談するなんて、やっぱり自分の精神状態はおかしいのだろうか？

いや、そんなことはない。父は自分の中で生きつづけている。だからこれからは、一人で考えてばかりいないで、父と話しあってみよう。

そんなふうに、僕は思うのだった。

『リヴィング・イヤーズ』は、亡き父ともう一度向きあうチャンスを、僕に与えてくれた。そしてこのときから、ずっと暗闇だった一人きりの世界に、ひとすじの光が射しこんできた。

『リヴィング・イヤーズ』をまる二日聴きつづけたその翌朝、僕はひさしぶりに近くの公園まで散歩に出かけた。

一人で、あるいは千夏や純子と二人で、何度歩いたか知れない池のまわりの小道を、僕はゆっくりと歩いていった。そこここに子供たちが遊ぶ公園では、今や梅の花が満開で、どこからともなく、鶯《うぐいす》の鳴き声が聞こえてきた。

長い冬は、ようやく終わりを告げんとし、新しい春が、すぐそこまでやってきていた。

気がつけば、僕は三十路《みそじ》を迎えていた。

7　フィールド・オブ・ドリームス

一九八九年、八月はじめ。僕は真昼の青山通りを歩いていた。目もくらむような強烈な陽ざしと、アスファルトの照り返しのなか、誰もがぐったりした顔で通りを歩いていた。けれども、僕の足取りはしっかりしていた。

僕は正式に辞表を提出するため、会社へと向かっていた。ひきこもりになってちょうど一年、たとえ医師の診断書があっても、これ以上休職を続けることは不可能だった。だいいち、僕はもう病気ではなかった。

僕はぎらぎらと光り輝く太陽を見上げた。太陽は心強い味方だ。太陽はいつだって、僕を勇気づけてくれる。

十二時五分前にビルに到着すると、エレベーターに乗り、人事部がある八階のボタンを押した。

手続きは一分で終了した。人事部の社員は僕の提出した辞表を、「そうですか」と、あっさり受けとった。

僕は六階まで下りていき、技術部の部長と課長に挨拶《あいさつ》をした。ラッセルさんは出張中で、不在だった。挨拶の途中で、正午を告げるチャイムが鳴った。予定どおりだった。スタッフたちは次々と、オフィスから出ていった。

僕はがらんとした昼休みのオフィスで、デスクの整理をした。二十分ほどで所持品を紙袋二つにまとめると、仕事を続けていた三人のスタッフに挨拶して、オフィスを後にした。

さんざん世話になり、また迷惑をかけたラッセルさんに何も告げずに去っていくのは、心苦しかった。しかし正直なところ、ラッセルさんに会わずにすんで、僕は少しホッとしていた。

ずっしり重い紙袋を両手にさげ、ふたたび日盛りの青山通りへ出ていった。

太陽は容赦なくじりじりと照りつけ、僕はすぐ汗びっしょりになった。けれども太陽は、このまま次の目的地へ向かうよう、僕を後押ししてくれた。

地下鉄を乗り継いで御茶ノ水駅で降りると、まっすぐ予備校へ向かって歩きはじめた。浪人時代に二年間も籍を置いていた、あの予備校である。

駿台《すんだい》予備校本部校舎のたたずまいは、十一年前とほとんど変わっていなかった。しかし、感傷にひたっている場合ではなかった。僕は昔を懐かしむために、ここへやってきたわけではない。今日から自分は、三十歳の大学受験生なのである。

ついい三日前、僕は医者になることを決意したばかりであった。


精神科医たちのおかげで、「医者になろうか」という考えが頭をよぎったのは、今年の二月のことだった。そして三月には、ラジオから流れてきた『リヴィング・イヤーズ』のおかげで、父を思い出すようになった。その後五か月間、僕はさんざん考え、迷った。

たしかに「もう一度、何かを勉強し直したい」とは思っていたが、あれほど敬遠していた医師という職業を考えつくとは、われながら驚きであった。

はじめのうちは、自分のような臆病者が医者になるなんて、とんでもないと思っていた。しかし自信のなさとは裏腹に、「医者になろうか」という考えは、しぼむどころか、ゆっくりと、着実にふくらんでいった。

僕は、自分の中の父と向きあうようになった。だからといって、父の遺志を継ごうとか、父のような医者になろうなどと考えたわけではない。だいたい、今さら医者になったところで、父の足元にも及ばないのは火を見るより明らかだった。

それならばいっそ、自分は父とはまったくちがうタイプの医者を目指してみよう、と僕は思った。実際、精神科医たちと接するなかで、もっといろんなスタイルの医者がいてもいいのにと、何度も感じていた。

いろいろ考えた末、「より専門的でない、一般の人々の感覚に近い医者を目指そう」という結論に達した。せっかくパチプロやサラリーマンを経験し、ひきこもりになって病院通いまでしたのだから、専門医と一般人の中間みたいな医者になってみようかと思ったのである。きっと、そんなタイプの医者だって必要だろう、と僕は考えた。

しかし、半年近くかかってようやく考えがまとまっても、僕はなかなか決心がつかずにいた。そもそも、決心したところで、医者になれるという保証は何ひとつないのである。

夏が近づくにつれ、病状はしだいに回復していった。少なくとも僕の頭はいろいろなことを考えだしたし、体を動かすのも、さほどおっくうではなくなった。けれども、医者になる可能性を探りはじめた今となっては、とりあえず会社に戻ろうという気にもなれなかった。

思いきって医者を目指すか、それとも会社に復帰してサラリーマンを続けるか、僕は休職の期限切れぎりぎりまで迷っていた。

そんなとき、僕の背中を押してくれたのは、テニス仲間たちだった。

七月最後の日曜日、僕たちはアフターテニスに軽く一杯やりにいった。僕は飲み会の席で、医者を目指してもう一度やり直すべきかどうか、彼らに相談してみた。

仲間たちの答えは、単純かつ明快だった。なんと六人全員が、即、YESと答えたのだ。口ごもったり、考えこんだりする者は、誰一人いなかった。それどころか、彼らは次から次へと、「おっ、いいねえ」「そうだ、やれやれ」「こりゃもう、いくっきゃない」と、僕に励ましの言葉をかけてくれた。

多少は酔った勢いもあっただろうが、あまりにあっけらかんとした彼らの反応に、僕は拍子抜けした。もちろん、彼らは僕が悩んでいるのを知っていたから、新たな目標ができたことを喜んでくれたのだと思う。

しかし、僕が救われたのはむしろ、彼らのムセキニンとも思えるような言動であった。彼らのカラッとしたいいかげんさが、僕にはとても心地よかったのだ。そして彼らのおかげで、こんなことに気がついた。

——僕が何をしでかそうが、世間の人は知ったことではない。所詮《しょせん》、これは自分の人生なのだ。だから、他人の反応なんて気にすることはない。自分の思うようにやれば、それでいいのだ。

たぶんこのときすでに、心は決まっていたのだろう。僕が求めていたものは、自分が立てた目標に対する意見ではなく、目標へ向け、第一歩を踏み出す勇気だったのだ。そしてありがたきテニス仲間たちは、まさに僕が望んでいたものを与えてくれたのだった。

けれども、反応を気にしないわけにいかない人が、二人いた。

――母と朋子だった。

仲間たちと飲んだその夜、僕はアパートに帰ってくると、まず母に電話をかけた。とにかく会社に戻ってほしいと願っていた母は、僕の話を聞いて驚いた。そして、そんな無謀なことはするものではないと反対した。母は、僕の状態を心配していたのだ。せっかく正気に戻ったのだから、今は無理をしてほしくない、という気持ちだったのだろう。

もしも医学部の受験に失敗し、挫折をくり返したら、今度はもっと深刻な事態になりかねない――母は、そのような危惧《きぐ》の念を抱いていたのだと思う。

しかし、三度目の電話で僕の意志がかたいとわかると、母はもうそれ以上、反対しなかった。

「あんたの思うとおりにやりなさい」

そう言って母は、僕の大学再受験に協力し、応援してくれた。

朋子の反応は、微妙だった。まわりにいる人間で、僕の決断を前向きにとらえてくれなかったのは、彼女くらいのものだった。

医者になろうかと考えはじめた今年の春、朋子は僕の考えに賛成するかのような発言をした。

「そうね、あなた、医者に向いているかもよ。小児科のお医者さんなんか、いいなあ」

けれども、僕の気持ちが生半可なものでないとわかるにつれ、彼女は口をつぐむようになっていった。そして、いよいよ医学部再受験の決意を伝えた日、朋子はこう答えた。

「そう、ほんとうに決心したんだ……。あなたなら、きっとできるよ。がんばってね」

なにか他人事《ひとごと》のような答え方だった。そして、彼女の顔は笑っていなかった。

朋子が僕にがんばってほしいと思ったことは、確かだろう。にもかかわらず彼女は、少しもうれしそうでなかった。もしかしたら彼女の心境は、とても複雑だったのかもしれない。

一番喜んでほしい人に喜んでもらえず、僕はがっかりしたけれど、「いつか朋子だって、僕の選択を喜んでくれる日が来るさ」と自分に言い聞かせ、とにかく行動を開始した。

八月初旬、僕は予備校と本屋を何度も行ったり来たりして、さしあたって受験に必要な資料や情報を収集した。細かいことをのぞけば、受験の体制は十一年前とほぼ同じであった。

さっそく勉強を始めようかと思ったが、考えてみればこれから先の半年間、勉強、勉強で缶詰め状態になる日々が待ち受けているのである。それならば、せっかく体調も戻ったことだし、気晴らしに旅行にでも出かけようか、と僕は思い立った。

八月中旬、僕は受験前の遊び納めということで、気仙沼《けせんぬま》に住む旧友を訪ねた。

一ノ関で東北新幹線から乗り換え、ローカル電車に揺られること一時間半、僕ははるばる気仙沼までやってきた。三年ぶりだった。

迎えにきたサトシの姿が、すぐに僕の目に飛びこんできた。改札口で待ち合わせしていた人々のなかで、サトシは断トツに目立っていた。

満面に笑みをたたえたサトシは、あごひげを蓄《たくわ》え、体は三年前よりさらにでかくなり、百キロ近くあるんじゃないかと思われた。ただ単に体が大きいだけでなく、圧倒的な存在感があった。

自信が彼を大きく見せるのだろうか？　十代のころは僕同様、気弱でサエない少年だったのに、人間、変われば変わるものである。

サトシは、中学時代からの親友だった。高校卒業後、サトシは東北大学に進学し、農学を専攻した。そして大学を卒業するとすぐに、高校の生物の教師になった。僕とちがいすべてストレートで来ているサトシは、教師になってすでに九年目だった。ちょっとしたキャリアである。

見た目は豪快なサトシだが、僕とは反対に堅実な人生を送っていた。サトシは僕が返事を出さなくても、毎年、年賀状を送ってくれたし、何か月かに一度、必ず電話をかけてきた。ズボラな僕に愛想を尽かさずにつきあってくれる、まことにありがたき友であった。

その晩はサトシに連れられて、「いろり」という居酒屋へ飲みにいった。

厨房《ちゅうぼう》をまるく囲んだカウンター席に腰かけると、はち巻きをしめた店のオヤジが、ニコリともせず、いきなりおしぼりを投げてよこした。あわてて胸でおしぼりを受けとめると、僕とサトシはビールの大ジョッキを注文した。

「ほいっ」

しばらくすると、注文してもいないのに、目の前に殻つきのウニの大皿が現れた。

「食え」

オヤジさんは、いぜん仏頂面をしたまま言った。

「おおっ、殻つきのウニなんて、なかなか出てくるもんじゃないぞ。ケーイチ、おまえ気に入られたな。オヤジさん、そっけないようでいて、あれでけっこう人のことを見てるんだ」

そう言うとサトシは、さっそくトゲトゲのウニを一つ取り上げ、たっぷりつまった身を、スプーンですくいはじめた。

新鮮なウニはこのうえなく美味だったが、サメの心臓と、ぶつ切りのホヤには閉口した。うすくスライスし、酢の物にしたホヤなら食べたことがあったが、こんなにでかくてグロテスクなぶつ切りのホヤは、見たこともなかった。もともと少し癖のあるホヤだが、これがぶつ切りとなると、においも味もかなり強烈だった。

僕は涙ぐみながら、やっとの思いで最初のひと切れを飲みこんだ。

「もう食べないのか？　こりゃあ夏の風物詩だ。ビールの最高のつまみだぞ」

そう言いながらサトシは、生々しいだいだい色をしたホヤを、次から次へと口へほうりこみ、さもうまそうに頬張《ほおば》るのであった。こいつはどこでも生きていけるな、と僕は思った。

翌日は、二人で海水浴に出かけた。

高校時代、夏になると毎日のように学校のプールに通い、サトシと競いあって泳いだものだ。あのころは、サトシがこんなたくましい男に成長するとは、夢にも思っていなかったが。ひとしきり泳ぎ、弁当屋で買ってきた超特大のおにぎりとササカマボコ、それに缶ビールの遅い昼飯をすますと、二人で砂浜に寝ころがった。

いい気持ちだった。打ち寄せる波の音とカモメの鳴き声を聞きながら、僕は砂の上に思いきり手足を伸ばした。心身共に健康であるというのは、つくづくありがたいことだ。

僕はまだ、サトシに自分の決意を伝えていなかった。もったいをつけていたわけではないが、昨晩は昔話や色気話で盛り上がってしまい、なんとなく話しそびれてしまったのだ。

さて、そろそろ話そうかと思った矢先、サトシが口を開いた。

「あのさあ……」

「ん？」

僕たちは、砂浜に寝そべったまま話しはじめた。

「おれ、ついに決心したよ」

「おっ、とうとう身を固める気になったのか？」

「バカいえ。おまえと一緒で、それは当分先の話だろうさ」

サトシは笑って言った。

「そうか。先をこされないで、ちょっと安心したよ。で、いったい何を決めたんだ？」

「おれな……今年限りで教師をやめる。それでな……来年からアメリカに留学して、大学院で生物を勉強し直すつもりなんだ」

砂をつかんでは、またぱらぱらと振りまきながら、サトシはゆっくり答えた。

──堅実な人生を順調に歩んでいると思っていたサトシが、そんなことを言いだすとは……。

意外だった。けれども、なんだかとてもうれしくなってきて、僕は思わず起き上がった。

「ほんとうかい？」

「ああ、もう決めたんだ。そりゃあ、今の暮らしは悪くないし、将来だって安泰だろう。でもさあ、このままずるずると一生を終えるのが、なんだか急に嫌になったんだ。もう一度、思いきり、自分のやりたいことをやってみようって思ったのさ」

「そうか……そりゃあよかった。おめでとう。じゃ、今度はおれの番だ」

「なんだ、おれの番って？」

サトシはけげんそうな顔をして、こちらを振り向いた。

「言いたいことぜんぶ、先に言われちゃったみたいだけど、おれもついこのあいだ、決心したんだ。勉強し直して、医者になろうってね」

サトシはまじまじと僕の顔を眺めていたが、やがて大きな体をむっくりと起こして吠えた。

「ワオー、なんてこった！」

「ウオー、ホントになんてこった！」

負けじと僕も、吠え返した。

僕たちは顔を見合わせて、大いに笑った。そして、缶ビールを買いに海の家まで走っていった。

「おれたちの前途を祝して、カンパイ！」

「カンパイ！」

砂浜で、僕たちは門出のビールをゆっくり味わった。午後の潮風が、ほてった顔にやさしく吹きつけてきた。

気仙沼から戻ってくると、今度は前橋の実家に帰省した。母は僕の顔を見て、とりあえず安心したようだった。

僕は高校時代の恩師の家を訪ねた。先日、快く再受験の相談に乗ってくれた先生は、僕のために、高校の教科書をひととおりそろえてくださったのだ。

先生のお嬢さんと僕の姉が小学校で同級生だった関係から、わが家は先生の家と（父の生前からずっと）家族ぐるみのつきあいをさせてもらっていた。母も、なにかと先生から助言をいただいていた。だから先生は、今回の僕のいきさつも、母から聞いて知っていた。

「とにかく、やるからにはがんばりなさい」

先生はそう言って、教科書をくださった。僕はお礼を言って、おいとましようとした。

「ああ、ちょっと」

先生が、玄関の扉を開けようとした僕に声をかけた。

「それにしても君、これまでずーっと、お母さんに心配かけっぱなしだねえ……。少しはがんばって、お母さんを安心させてあげなさい」

「はあ……どうもすみません」

僕は頭をかきながら答えた。

「私に謝ったって、しょうがないよ。では、お母さまによろしく」

「すみません」ともう一度言って、僕は先生の家を後にした。

さっきから雲行きがあやしいと思っていたが、自転車で家に帰る途中、急に雷が鳴りだし、空が真っ暗になった。僕は超特急で自転車を飛ばしたが、間にあわなかった。

土砂降りの雨に見舞われ、僕は商店街のアーケードへ避難した。雨に降られたのはほんの三分くらいだったが、それでも全身ずぶぬれになった。僕はぬれネズミのまま約一時間、アーケードの下で雨やどりした。

八月二十日、実家から帰ってきた僕は、いよいよ受験勉強を開始した。夏休みはしっかり遊んだし、何も思い残すことはなかった。

しかし……勉強を始めたその日から、なぜか胸のあたりがチクチクと痛みだした。いきなり勉強なんかしたものだから、体が拒否反応を示したのかなと思ったが、あまり気にしないようにした。けれども、チクチクした痛みは、日増しに強くなっていった。

そして三日目に、右腕と胸の右半分に、いっせいに赤いブツブツが出現し、それらはやがて立派な水泡へと成長していった。

――帯状疱疹《たいじょうほうしん》だった。どうやら、環境や状況の変化で心身共に疲れていたところに、雨にぬれたのがよくなかったらしい。受験勉強開始早々、なんともツキのない話だったが、かかってしまったものはどうしようもない。

五日後、僕は右胸と右腕に薬を塗ってガーゼを当て、発疹《ほっしん》のかゆみと神経痛に悩まされながら、最初の全国模擬試験を受けた。

前途多難であった。

九月から、本格的な受験勉強の日々が始まった。

僕は朝の八時半から夜の十一時半まで、食事や休憩をはさんで毎日きっちり十時間、勉強した。気分が乗ったときは、十二時間、机に向かうこともあった。

勉強に嫌気がさすことは、ほとんどなかった。むしろ、いくら時間があっても足りなくて、そんなぜいたくを言っている場合ではないという感じだった。

それでも月に一日か二日は、どうしてもやる気が出てこない日もあった。そういう日は無理をせず、テニスの壁打ちをしにいったり、映画を観にいったりした。たまには気晴らしに、テニス仲間や友人と飲みにいくこともあった。

楽しみは、三度の食事とコーヒーブレイク、それに夕方の散歩であった。

食事は、朝はスクランブルエッグやチーズトースト、サラダなどを自分で作ったが、結局時間が惜しくなってしまい、昼と夜は、散歩がてらにコンビニや総菜屋で買ってくることが多くなった。パン屋にもよく行った。

一人暮らしを始めた十数年前と比べると、コンビニの弁当や総菜は、驚くほど進化をとげていた。ちゃんと栄養のバランスに気をつけていれば、定食屋などよりよっぽどヘルシーで充実した食事をとることができるのだ。ひきこもり時代もさんざん世話になったが、つくづくコンビニはありがたかった。

散歩には、毎日決まって四時から五時のあいだに出かけた。散歩はとてもよい気分転換になったし、数学や物理の問題をウンウンうなりながら解きつづけ、過熱状態にある頭を冷やすのにもちょうどよかった。散歩のコースは、歩いて十分の善福寺《ぜんぷくじ》公園まで出かけ、三十分ほどで公園を一周するというお決まりのものだったが、飽きることはまったくなかった。

木々の微妙な色合いの変化や、ほんのり漂ってくる花のにおいに、季節の移り変わりを感じるのも楽しいものだった。考えてみればこんなぜいたくは、サラリーマン時代には味わえなかった。やはり、自分は恵まれているのだ。

日曜日はたいてい、予備校に模擬試験を受けにいった。日曜の朝、御茶ノ水駅に降り立ち、十七、八の青年の群れに交じって予備校へ向かうのは、多少気恥ずかしいものがあった。しかし、いったん試験が始まってしまえば、もうそんなことは忘れていた。

試験の成績は、予想していたよりもずっとよかった。

昔からここ一番に弱かった僕は、最初の受験のとき二浪してしまったのだが、二回も失敗したことが、今となっては大きな財産になっているのであった。三年間も受験勉強をしたおかげで、基本事項がしっかりと身に染みついてしまい、今日まで忘れ去られることなく頭の片すみに残っていたのである。

もしも十数年前、首尾よく現役や一浪で合格していたら、きっとこうはいかなかったにちがいない。人間、何が幸いするかわかったもんじゃない。

そのうえ、昔苦手だった現代国語などは、勉強した覚えもないのにかってに成績が上がっていた。よくよく考えれば、それは当たり前のことだった。

試験問題に出る論文や随筆は、たいてい年配の著者が自分の経験をもとに執筆したものである。まだ社会に出ていない十七、八の青年がそのような文章を読んでも、書いてある内容を抽象的にしかとらえられない。

ところが三十にもなれば、「ああ、こういうことか」と、自分の経験と照らし合わせ、具体的なイメージを思い浮かべながら、それらの文章を読むことができる。だから当然、十代の人たちよりすんなりと、文章が頭に入ってくるのである。

受験勉強をするにあたってもう一つ、自分に有利に働いたことがあった。

それは、僕が大人になりきっておらず、かなり子供っぽい人間であるということだった。僕は若者たちといっしょに勉強したり、試験を受けたりすることに、まったく抵抗を感じなかった。というよりも、受験勉強を始めたとたん、僕の頭は自然に十代のレベルまで戻っていたのだ。

九月、十月と、僕はずっと部屋にこもって、受験勉強に打ちこんだ。

同じこもるのでも、半年前までの絶望的なひきこもりとはわけがちがった。なんといっても、今の自分には目標があるのだ。それがどんなにありがたいことか、僕はしみじみと思うのだった。

——結果がどうなろうと、とにかく目標を持てたことに感謝しなくては。目標を失って何もしないでいるほど、つらいことはないのだから。

そう思えば、受験勉強は少しも苦ではなかった。毎日の勉強は骨の折れるものだったが、同時にまた、とても楽しくもあった。

ただ一つ、僕の心を重くするものがあった。

それは、朋子とのつきあいがうまくいっていないことだった。月に一度のデートは続いていたが、受験勉強を始めて以来、朋子の僕に対する態度は、以前にも増して他人行儀になってきた。

勉強のじゃまをしないよう、僕との距離を保とうとしたのだろうか？

いや、そうではない。朋子自身の気持ちが、明らかに僕から離れてしまったのだ。いったいどうしてなのか、僕にはその理由がわからなかった。

僕は必死になって朋子を説得した——自分の決意はかたく、必ず医者になってみせること。学生に戻る六年間はたしかに大変だが、アルバイトも自由にできるし、生活に困るほどではないこと。長い目で見れば、経済的にも十分、もとはとれるし、決して悪い話ではないこと……。

けれども、僕が必死になればなるほど、朋子の心は離れていくようだった。

朋子とのデートのたびに、僕はやるせない思いでいっぱいになった。しかし、ため息ばかりついてもいられない。今は目標に向かって、一心に勉強すべきときなのだ。

十一月になり、僕はちょっとしたスランプに陥《おちい》った。

もともと苦手だった数学の成績が、思うように伸びてくれないのだ。悩んでいても埒《らち》が明かないから、とにかく僕は黙々と問題を解きつづけた。やらねばならぬことは、山のようにあった。秋が深まっていくなか、僕は部屋にこもり、ひたすら勉強を続けた。

孤独だった。けれど、いつか朋子にわかってもらうためにも、がんばるしかなかった……。

十二月になると、事態はさらに悪化した。そしてある日ついに、決定的な局面を迎えるに至った。

――朋子がほかの誰かと、つきあいはじめたのだ。

正直な朋子は、それを隠していることができなかった。朋子は、今すぐ僕と別れるつもりはないが、受験が終わるまでは会わないほうがいいと言った。

冷静に考えれば、朋子の心が僕から離れてしまった今、彼女がほかの誰かとつきあいはじめるのは、十分にありえることだった。しかしその事実を聞き、僕は呆然《ぼうぜん》とした。

このときから、希望に満ちた明るい受験勉強の日々は、つらく厳しい真っ暗闇の世界へと一転した。僕は朋子のことが頭から離れなくなり、あれやこれやとよからぬことを想像しながら、ひとり悶々《もんもん》と時を過ごした。

つらかった。三分に一回、僕はため息をついた。勉強がまったく手につかない日もあった。今すぐにでも、朋子のもとへ飛んでいきたかった。もう一度、話を聞いてほしかった。けれど……どうしようもなかった。

――僕が勉強で身動きがとれないというのに、今このときも、朋子はほかの誰かとデートしているかもしれないのだ。そんなの、ちっともフェアじゃない！

僕は大声で叫びたかった。しかしそれは、所詮《しょせん》、負け犬の遠吠えにすぎないのかもしれなかった。

十二月の第三日曜日、僕は夕方の「かえで通り」を水道橋へ向かって歩いていた。五時を少し回ったところだが、すでに日は暮れ、あたりはすっかり暗くなっていた。

つい先ほど、本年度最後の全国模擬試験が終わったばかりだった。最寄りの駅は御茶ノ水だが、僕は予備校を出ると、あえて人通りの少ない水道橋方面へ歩きだした。今日は人混みの中に入っていきたくなかったし、華やかなクリスマスのイルミネーションにもうんざりしていた。

受験勉強を始めて以来、僕は自分の年など忘れ、十七、八の青年たちに交じって勉強したり、試験を受けたりしていた。そうしていることに、なんの違和感も覚えなかった（まわりの若者たちは、僕のことをどう思っていたか知らないが）。けれども、模擬試験を終えた日曜の夕方だけは、ふと空しい気持ちになってしまう。

試験の出来が悪くて、気分が沈んでいることもあるだろう（いまだかつて、模擬試験のあとに「今日はうまくいったなあ」と思ったためしがない）。しかし、それだけではない。

なぜだかわからぬが、試験の帰り道になると決まって、僕は現実に立ち返ってしまうのだ。三十にもなって受験勉強をしている自分の姿を、客観的に、冷めた目で眺めてしまうのである。

「あーあ、おれはいったい、何をやっているんだろう」

そんなことをつぶやきながら、日曜の夕暮れの街をひとり、とぼとぼ歩いていくのである。アテネ・フランセの角から、白いコートに身を包んだ女性が現れた。僕は顔を上げ、彼女のほうを見た。

「？」

見覚えのある顔だった。彼女も僕に気づき、立ち止まってこちらを見ていた。誰だったか思い出せぬまま、僕は彼女に会釈した。すると彼女は笑って、声をかけてきた。

「カワフチさん、でしょう？」

――麻子だった。

パチプロから足を洗って社会人になる前の半年間、僕はアテネ・フランセの英会話教室へ通っていた。麻子は、その教室でのクラスメートだった。

当時大学一年だった麻子は、まだ少女の面影を残していたのだが、今、目の前にいる麻子は、見ちがえるほどさっそうとして、大人の女性の雰囲気を漂わせている。

いっぽう、受験生に戻ってしまった僕は、すっかり成長した麻子を前にして、なんだか気《き》後《おく》れしてしまうのであった。

あのころ、僕は麻子のことを明るくかわいい女の子だと思っていたし、麻子も年上の僕を慕っていろいろな話をしてくれた。けれども当時、僕は純子との一件があった直後だったので、気楽に女性とつきあう気にはなれなかった。彼女もたぶん、僕を兄貴みたいに思っていたのだろう。

五年ぶりの再会を祝し、僕たちはお茶の水の居酒屋に入って乾杯した。

その晩は、懐かしさも手伝って話がはずみ、酒も進んだ。ずっと気分が晴れずにいた僕は、麻子のおかげでひさびさに楽しい時を過ごすことができた。この五年間の僕をまったく知らない彼女には、なんでも気楽に話すことができた。

僕たちは、昔話をして笑い、近状を報告しあい、これからの互いの目標を語りあった。

麻子は大学を卒業し、昨年からあるフランス企業の日本支社で働いていた。そして来年、入社三年目にして、フランス本社への転勤が決まったのだという。

「へえー、すごいじゃない。僕なんか、いまだに英語もちゃんと話せないのに、フランス語までマスターしちゃうなんて」

「そんなことないですって。がんばって勉強してますけど、なかなか覚えられなくて……。でも、いざフランスへ渡っちゃえば、なんとかなるような気もするんですよね」

麻子は笑いながら言った。いくら大人になってもその屈託のない笑顔は、五年前となんら変わらなかった。

「それより、カワフチさんがお医者さんになるなんて、びっくりだわ」

「医者になるって決まったわけじゃないよ。まだ医学部にさえ、受かっていないんだから」

「私、応援してます。フランスから帰ってきたら、きっとまた会いましょうね。そのころは、医学生かな？　それとももう、お医者さんになってるかな？」

僕たちはいったん店を出て、ワイン・バーに入って飲み直した。今夜くらい、朋子のことも勉強のこともいっさい忘れ、とことん飲んでやろう、と僕は思った。

麻子はアルコールに強かった。話に熱中しているうちに、二人はいつのまにか、ワインのボトルを二本あけていた。気がつくと、もう十二時を回っていた。

十二月の真夜中の外気が心地よく感じられるくらい、僕は酔っていた。

しばらく歩いていると、麻子が僕にしなだれかかってきた。二人の足がもつれあった瞬間、僕は彼女にキスをした。そして二人の足は自然に、ホテル街へと向かっていった。

ベッドの中でも、麻子は明るかった。自分の行為を後ろめたく思っている様子など、みじんも感じられなかった。彼女は自らの行動に責任を持ち、なおかつ人生を楽しんでいるように見えた。僕にはそんな麻子の姿が、とてもまぶしかった。

「カワフチさん、結婚の予定はないの？」

と、麻子があっけらかんとした口調で訊《き》いてきた。だから僕は朋子の話をした。麻子は黙って、僕の長い話を聞いてくれた。

「そうだったの……。でも私、彼女の気持ちもわかるような気がするなあ」

話を聞き終えると、麻子は少し間を置いてから言った。

「わかるって、どんなふうに？」

僕は麻子に訊《き》いてみた。

「やっぱり、今なのよ。彼女にとっては将来よりも、今という現実のほうが大切なんだわ」

夢を持って、自由に生きているように見える麻子がそんなことを言うとは、意外だった。

「でも、長い目で見れば、悪い話じゃないと思うけどね」

「彼女にとってこれから先の六年間は、とってもとっても重たい六年間なのよ。だから彼女はあなたのこと、待っていられないんじゃないかしら」

急に大人っぽい口調になって話す麻子に、僕は質問した。

「僕のことを信頼していないから？」

「そうじゃないと思うな。彼女はきっとあなたのこと、尊敬しているよ。でもね、それと結婚とは別問題なのよ」

僕はなんだか、年上の女性に諭《さと》されているみたいな気分になった。彼女の言葉に納得したわけではないが、これ以上朋子の話をしても、愚痴《ぐち》にしかならないような気がしてきた。

「そんなもんかねえ」

僕はため息をついた。

「ため息ばかりついてると、幸せが逃げてっちゃうぞ！」

屈託のない笑顔に戻った麻子が、僕の口に軽く手を当てて言った。

僕は「ありがとう」と言って、麻子の手を握った。そしていつのまにか、深い眠りに落ちていった。

翌朝、僕たちは五年後の再会を約束して、それぞれの仕事へと向かった。


その後も僕は、朋子への想いを絶ち切ることができないまま、それでも歯を食いしばって勉強を続けた。やがて年が暮れ、一九九〇年を迎えた。

正月は、一日だけ実家に帰って母と新年を祝い、すぐにアパートに戻って勉強を再開した。

年明けのセンター試験（ほんとうに、うっとうしい試験だ。昔はこんなもの、なかったのに！）は、いくつかミスをしたものの、なんとか無事に切り抜けた。僕はさらにこもって勉強を続けた。

とにかくベストを尽くそう、と僕は思った。

離れてしまった朋子の心がふたたび僕に向かう可能性は、決して高くはないだろう。けれども僕は、一縷《いちる》の望みを持ちつづけていた。その望みを失わないためにも、今、自分にできることは、ベストを尽くして大学に合格することだけだ。

僕は最後の最後まで、どの大学を受験しようかと悩んでいた。

朋子と行動を共にすることを考える必要がなくなった今、関東近辺の大学にこだわる理由は何もなかった。僕は、北は北海道から南は九州まで、全国八国立大学の願書を取り寄せた。

願書の締め切りが明日に迫った夜、僕は八通の願書を畳の上にずらりと並べ、腕組みをして何時間も考えつづけた。

結局僕は、京都大学を第一志望に選んだ。悩んだわりには理由は単純だった。ほかの多くの受験生と同様、合格する可能性があるベストの大学を受験しようと思ったのである。京都へは出張で何度も訪れていたので、ほかの場所に比べれば、なじみが深いこともあった。

翌朝、僕は郵便局へ向かい、書留郵便で願書を送った。願書を出してしまうと、僕はこんなふうに自分に言い聞かせた。

——よーし、これですっきりした。もうこれ以上、朋子のことでくよくよするのはやめよう。もし、朋子がほんとうに僕とやる気があるならば、京都へだってどこへだって、ついてくるさ！

二月になると、いよいよ月末に迫った入学試験へ向けて追い込みに入り、実際くよくよしている時間などなかった。僕は寸暇を惜しんで、入試の過去問題を解きつづけた。

本番一週間前、僕は重大な手落ちに気づいて青くなった——試験当日、京都に宿がとれないのだ。

僕は必死になって電話をかけまくったが、あいにくどのホテルもすでに予約でいっぱいだった。ホテルの予約などいつでもとれると高《たか》をくっていたのだが、どうやら考えが甘かったようだ。

——自分は社会人まで経験しているというのに、高校生にも劣るこの段取りの悪さは、いったいなんだろう。

つくづく自分が情けなくなったが、しかたがない。「まあ、いいさ。最悪、大阪にでも宿をとって、そこから京都へ通えばいいじゃないか」と、僕はなるべく気楽に考えることにした。

入学試験五日前、その日は朝から雨が降っていた。

午後になり、三年前の数学の過去問題を解き終えた僕は、もう一度京都のホテルに電話をかけてみることにした。ホテルの電話番号をリストアップしていると、電話のベルが鳴った。こんな時間に電話とは、めずらしい。

いったい誰だろうと首をかしげながら、僕は受話器を取った。

――受話器の向こうから聞こえてきたのは、ややしゃがれているが、威勢のよい男の声だった。

「もしもし、圭一さん？　横井です。ごぶさたしております。お元気ですか？」

あのホテルニュージャパンの社長、横井英樹氏であった。

あれから八年の歳月が流れ、ホテル火災の犠牲者の遺族との補償問題は、おおかた片づいたようであった。しかし、ホテルの経営者として責任を問われた横井氏は、刑事裁判の続行中であり、まだ最終判決は下っていなかった。

もちろん遺族の一組として、僕たちは横井氏とつきあいがあった。というよりも、つきあわざるをえなかった。ホテルの安全に対する義務を怠《おこた》ったわけだから、横井氏が刑事責任を問われるのは当然のことだし、遺族としては、きちんと補償してもらわなければならなかった。

けれども僕たちは、彼が父の命を奪ったなどと思ったことはない。そんなふうに思ったら、父だって浮かばれない。かえすがえすも残念なことだけれど、あれは事故だったのだ。だから僕たちは横井氏に、個人的な恨みは持っていなかった。

それにしても横井氏は、ほんとうに責任を感じているのだろうかと疑いたくなるほど、いつもあっけらかんと明るくふるまった。僕たちはそんな横井氏の応対にあきれたが、反面、どこかユーモラスで人間くささを感じる横井氏に、暗い気持ちにならずにすんで救われてもいた。

　横井氏は早口で、機関銃のようにまくしたてた。

「お母さまから聞きましたよ。あなた、医学部を受け直すんですってね。偉いねえー。なかなかできることじゃないですよ。うーん、立派、立派。そこでね、もしお嫌でなかったら、私どもがいつも使っている京都のホテルの部屋を、どうぞお使いください」

　あまりに突然の話に、キツネにつままれたようであった。横井氏は京都にも会社を持っており、あるホテルの部屋を常時キープしてあるということだった。

「でも……いいんですか？」

「どうぞ、どうぞ。気兼ねなくお使いください。部屋だってそんなふうに有意義に使ってもらえたら、本望でしょうとも」

　ありがたかった。これで心置きなく、受験に集中することができる。

　僕はお礼を言って、電話を切ろうとした。すると、横井氏がまた早口でしゃべりはじめた。

「おっと、もう一つ。聞きましたよ、あなた、女の人に振られたんですってね」

　――お袋のおしゃべりが！

「あなた、男でしょう。ダメですよ、そんなことでめげていては。一人の女に振られたからって、なんですか。女なんてほかにいくらだっているでしょう。ダメですよ、ダメ！　男なら、そんなことでヘコタレちゃあいけません」

電話線を伝ってツバが飛んできそうなくらいの勢いで、横井氏はまくしたてた。僕は思わず苦笑してしまったが、横井氏の気持ちはうれしかった。

「ありがとうございます。とにかく、がんばってきます」

「いいですか？　男ですよ、男！　では、よい報告をお待ちしています」

そう言うと横井氏は、ガチャンと電話を切った。

いつのまにか、雨は上がっていた。僕は大きく伸びをしてから、散歩に出かけた。

善福寺公園へ向かう道すがら、この八年間に起きたさまざまな出来事が、頭の中によみがえっては消えていった。

考えれば考えるほど、不思議なめぐり合わせだった。けれどもとにかく今、僕は医者になろうとしていて、まわりにいるたくさんの人々が、僕に協力してくれる……。

――怒ってないよな、オヤジ。

僕は自分の中の父に話しかけた。気がつけば、僕は微笑みながらいつもの小道を歩いていた。

ふと見上げると、雨上がりの空に虹が架かっていた。

虹は立ち並ぶ住宅のあいだから、途切れ途切れにしか見えなかった。けれども、それはとても美しく、そして見事な虹だった。

入学試験第一日、小雨がしとしと降りつづいていた。会場となった医学部の講義室は広く、こざっぱりしていて、試験を受けるには申し分のない環境だった。

午前中の国語は、無難に終わった。問題は、午後の数学である。勉強時間の半分近くを費やしているにもかかわらず、僕はいっこうに数学に対する苦手意識を克服できないでいた。

悲しいかな、僕は数学的センスというものを持っていない。だから、問題を見てパッと答えがひらめくようなことは、まずない。とにかく、これまで何千という問題を解いてきた経験をたよりに、コツコツとやっていくしかないのだ。しかし、勘ちがいや思いちがいに気づかぬまま、最後までコツコツやってしまうこともしばしばであった。

昼休みが終わり、数学の試験が始まる直前に、僕はいったん外へ出た。そして、細かな雨粒を落としつづける空に向かって祈った。僕は父に願《がん》をかけたのだ。

——オヤジよ、たのむ。力を貸してくれ！

そして僕は講義室へ戻り、いざ数学の試験にのぞんだ。

……しかし、父は甘くはなかった。「あんたの実力で、なんとかしろよ！」というのが、父の答えだったようだ。

僕は、得意の勘ちがいをやってしまい、冷静に考えれば解けた問題を、みすみす一問失ってしまった。数学でまる一問失うというのは、かなり大きな痛手である。この失点を挽回《ばんかい》するためには、二日目にそうとうがんばらなければならなかった。

ホテルに戻ってきてからミスに気がついた僕は、とてもくやしい思いをした。けれどもなぜか、気分がくさったり、落ちこんだりすることはなかった。とにかく明日がんばろうと頭を切り替え、僕はその夜もぐっすり眠った。

二日目は、得意の英語から始まった。この半年間、英語は一分たりとも勉強していない。できれば、忘れているイディオム等のおさらいをしたかったのだが、いかんせん時間がなかった。

しかし、京都大学の入試問題に限っては、イディオムなどどうでもよかった。出題されるのは、長文の英文和訳が二題、英作文が一題のみである。さすがは京都大学、重箱のすみをつつくような文法やイディオムの問題は、いっさい出題しないのだ。入学試験はこうでなくちゃいけない。

予定どおり英語で挽回したあとは、最後の科目、理科だった。こちらは得意の化学でしっかり点をかせぎ、苦手の物理もなんとか切り抜けた。終わってみると、数学を除けば、まずまずの出来であった。

帰りの新幹線で、僕は試験に受かったとも、落ちたとも思わなかった。もう一度、問題を見直すことも、点を概算することもしなかった。

自信があったわけではない。不思議だけれども、ほんとうに結果は気にならなかったのだ。ただ、精いっぱいやったという充実感があるだけだった。それだけで十分だった。

僕はリクライニングシートを倒し、ビールを飲みながら、ゆっくり駅弁を食べた。

――まったく、おっさんみたいな受験生だな。

すっかりくつろいで二缶目のビールを飲んでいた僕は、自分が受験生であったことを思い出し、おじさん然としたわが姿に、思わず笑ってしまうのであった。

三月の日曜日、かねてからの約束どおり、僕は朋子と会った。

まだ第二志望の大学の小論文と面接試験が残っていたが、とりあえず僕は、受験勉強から解放されていた。京都大学の合格発表は、五日後に迫っていた。

三か月ぶりに朋子に会うと思うと、僕は落ち着かなかった。もしかしたら、面接を受けにいくより緊張していたかもしれない。

朋子と会うのも今日が最後かもしれないな、と僕はなかば覚悟を決めていた。しかしながら、ひょっとしたら考え直してくれたかもという期待も、心のどこかに残っていた。

ひさしぶりに会う朋子は、元気そうだったが、やはりどことなく表情がかたかった。

喫茶店に入ると、僕はこの三か月間の出来事を、順を追って話した。

朋子は、僕が無事に入学試験を終えたことを喜んでくれた。しかしそれは、どこか他人行儀な喜び方であり、彼女自身が心から喜んでいるようには見えなかった。

朋子は、自分のことをあまり話そうとしなかった。僕もあえて、彼女に質問しなかった。なんとなく、訊《き》いてはいけないような気がしたからだ。

僕たちは喫茶店で相談して、『フィールド・オブ・ドリームス』という映画を観ることに決めた。ずっとこもって勉強ばかりしていたので、映画のことは知らなかったが、「ぴあ」の紹介文を読むかぎり、なかなかおもしろそうなストーリーだった。

『フィールド・オブ・ドリームス』は、こんな映画だった。

――アイオワ州の農夫レイ・キンセラは、ある日、「それをつくれば、彼は来る」という不思議な声を聞く。やがて、それが野球場であることに気づいたレイは、妻アニーの協力を得て、トウモロコシ畑を野球場に造り替え、自分でも信じられない夢を追い求める。

すると、畑の彼方から伝説の大リーガー、〝シューレス・ジョー〟ことジョー・ジャクソンや、そのほか、すでに故人となっている大選手が次々と現れ、練習を始める。さらにレイは、いろいろな人々との不思議な出会いを経て、ついに若き日の父親と野球場で再会する。

かつてマイナーリーグでプレーしていた父親の英雄は、シューレス・ジョーだった。芽が出ないまま野球人生を終えた父親は、自分の夢を息子に託した。しかし息子は父に反発し、十七歳で家を出る。その後二度と会うこともないまま、父親は他界してしまう。

長年、父に対する後悔の念を持って過ごしてきた息子が、今、生前の父とキャッチボールをしている……。それは、父の死後も決して消えることがなかった親子の愛の確認であり、亡き父と息子が長い時を経て、ついに和解した姿でもあった。

もちろん、この映画は夢物語であり、ファンタジーである。けれども、淡々と静かなタッチでくり広げられるストーリーは、少しもわざとらしいところがなく、一つ一つのシーンは、人間的な温かみに満ちていた。

そして何よりこの映画は、夢に向かって邁進《まいしん》するすべての人々に、希望と勇気を与えてくれるものであった。

――信じる心を失わなければ、きっと夢を実現させることができる、と。

同時に僕が胸を打たれたのは、心やさしき妻アニーの存在だった。

聞こえてきた声を信じ、「野球場を造りたい」と思うに至ったレイは、「バカな考えかな?」と、アニーに訊いてみる。すると、アニーはこう答える。

「そう、あなたはバカよ。でも、本気でそうしたいとあなたが思うのなら、やってみるべきだわ」

たそがれのフィールドで、レイが亡き父親とキャッチボールをするシーンは、じつに感動的だけれども、アニーが親子のキャッチボールをポーチからじっと見守り、微笑みながら家の中に姿を消すシーンもまた、たまらなくよかった。

そんなラストシーンに涙があふれてきてどうしようもなく、僕は肩を震わせて泣いた。エンディングの曲が終わり、場内がすっかり明るくなるまで、席を立つことができなかった。

観客がおおかた入れ替わったころ、ようやく感情の波がおさまってきた。少し照れくさかったが、僕はハンカチで涙をふいて、

「どうだった？」

と、朋子を振り向いた。

僕はわが目を疑った。

——朋子は泣いていなかった。それどころか彼女は、涙ぐんでさえいなかった。

「うーん、あまりピンとこなかったかな」

朋子は、けろりとした顔でそう言うと、さっと席を立った。

その後、僕たちは軽い夕食をとったが、食事をしながら映画の話もしなかったし、それ以

外の話題もほとんど出なかった。気まずかったわけではないが、なんだかもう、互いに話すことがないという感じだった。

そして僕たちは、夜の銀座で別れた。

朋子と別れたあとも、僕は一人で日曜の夜のネオン街を歩きつづけた。悲しいというよりも、心にポッカリと穴が開いてしまったようだった。

朋子が映画に感動しなかったとしても、それは不思議でもなんでもない。そもそも映画の趣味なんて、十人十色なのだから。けれども、僕は今日、疑いようのない事実を目の前に突きつけられたのだ。

――朋子とは、夢を分かちあうことはできない……。

むろん、朋子には朋子の夢があるだろう。しかし、それは明らかに、僕の夢とは異なった種類のものなのだ。いつか麻子が言っていたように、僕と朋子のあいだには、乗り越えようのない現実の壁が立ちはだかっているのかもしれなかった。

――夢を持つことはできても、夢を押し売りすることはできない……。

僕は夜の銀座をひとり、あてもなく歩いていった。

五日後の午前十一時、ついに最後の面接試験が終わった。

会場を後にして大学の校庭へ出ると、僕は新鮮な空気を胸いっぱいに吸った。風もなく、うららかな日和《ひより》だった。今年は例年になく、春の訪れが早いようだ。

——ああ、これですべて終わったんだなあ。

僕はなんともいえない解放感にひたりながら、ぽかぽか陽気のなかを歩いていった。とにもかくにも一つの仕事をやり終えたのだという達成感に満ち、幸せな気分だった。

西荻窪の駅に着いたのは、ちょうど正午だった。どうしようかなと迷ったが、とくに急ぐ必要もないので、駅の周辺で昼飯を食べていくことにした。今日は京都大学の合格発表の日だが、合否の結果を知らせるレタックスは、午後三時ころ届く予定である。

僕は駅前のサンジェルマンに入り、二階の陽あたりのよい席に座ると、シーフード・トマトソース・スパゲティーのランチセットを注文した。

ななめ前の席で、会社の制服を着た若い女性が、やはりスパゲティーを食べていた。

彼女は、十年ほど前に家庭教師で教えていた中学生の女の子が、そのまま大人になったような顔をしていた。「もしかしたら、あの子だろうか?」と思ったが、彼女は僕にまったく反応していなかったので、声をかけるのはやめておいた。

おかしなもんだな、と僕は思った。いずれにしても、あのころ教えていた少女は、今はもう社会人だろう。それなのに僕は、これからまた学生に戻ろうとしているのだ。

僕は、ジャガイモとタマネギの身を残さぬよう慎重にスープを飲み、アサリの殻をていねいにより分けながら、スパゲティーを食べた。そして、食後のコーヒーをゆっくり味わった。こんなにゆったりと食事をとったのは、ほんとうにひさしぶりだった。

一時間以上かけてランチを楽しみ、店を出た。あと九十分ほどで合否がわかると思うと、少しドキドキしたが、僕は春を感じさせる暖かな陽ざしのなか、気分よくアパートへ向かった。

アパートに着いたのは、二時前だった。

部屋の鍵を開けようとしたとき、ドアの新聞受けに青い色の郵便物がはさんであるのに気がついた。三時という話だったのに、すでに合否の知らせは届いていたのだ。

僕はレタックスを手にして、部屋に入っていった。はやる気持ちをおさえ、カバンを机の上に置き、上着をハンガーに掛けた。そして窓を開けて、部屋の空気を入れ替えた。

僕はベッドの上に腰かけ、大きく深呼吸をした。いよいよ封書を開封しようとすると、ハサミを持つ手が震えだした。

封書の中から出てきたのは、一枚の紙切れだった。三つ折りになったそのA４の用紙を開くと、上五分の一くらいの狭いスペースに、九十名の合格者の受験番号が、小さく小さく並んでいた。ただそれだけの合否通知書だった。

番号が横に順番に並んでいるのか、それとも縦なのかわからぬまま、とにかく僕の目は数字の羅列を追いかけた。十秒ほどして、やっと自分の番号の近くまできた。294……297……304！

——あった！　あったのだ。

僕は思わず立ち上がった。虫眼鏡が必要なくらい小さな数字だったが、用紙にはまちがいなく、304という番号がプリントされていた。

さまざまな思いが一気に押し寄せてきて、何も考えられなくなり、僕はただ、六畳間に立ち尽くした。窓から入ってくる春の風が、レースのカーテンをやさしく揺らしていた。

ひとすじの涙が、頰《ほお》をつたって流れ落ちた。それは、父の死後八年の紆余曲折《うよきょくせつ》を経て、今ようやく医師への道を歩みはじめたのだという感無量の涙であった。そして、それはまた、朋子へ決別を告げる涙でもあった。

僕は電話を手にすると、ベッドに座り直した。そして、涙をぬぐって受話器を上げた。

母はすぐ、電話に出た。

「もしもし、ああ、僕だけど。うん、合格したよ」

「えーっ！　ほんとう？　見まちがいじゃないでしょうね」

「あいかわらず心配性だね。大丈夫、まちがいないよ」

「おめでとう。あー、よかった。ほんとうに……よかった」

「いろいろとありがとう」

「ちょっと待っていて。父さんに報告してくるから」

母はそう言うと、電話口から離れた。

鈴《りん》を鳴らすチーンという音が、受話器の向こうから聞こえてきた。

エンディング

僕は七時ちょうど発の『ひかり』に乗って、京都へ向かっていた。

京都大学の入学試験に合格した翌週、サトシから「アメリカの大学院へ留学が決まった」との知らせを受けた。フランスから麻子の絵はがきも届いた。めでたいことが重なった春だった。

けれどもその日、僕は新幹線の車中で浮かない顔をしていた。三月も明日で終わりだというのに、いまだに京都での住まいを見つけられずにいたのだ。これでは引っ越しもできやしない。

悪いのは自分だった。完全に出遅れてしまったのだ。合格発表後の二日間、余韻《よいん》にひたりながらのんびり過ごした僕は、三日後にはじめて京都へ向かった。入学手続きが終わり、さてアパートでも探すかと不動産屋へ行ってみたものの、すでにまともな物件は残っていなかった。

僕は一週間後にふたたび京都へ向かい、足を棒にして不動産屋を回り歩いたが、やはり適当な物件は見つからなかった。今日で三度目のトライということになる。

考えてみれば、京都は学生の街である。そして数ある京都の大学のなかでもいちばん合格発表が遅いのは、国立の京都大学だった。合格発表後の二日間で京大の新入生が殺到し、残っていたよい物件は一つ残らず契約が決まってしまったというわけだ。不動産屋のおじさんの話では、多くの学生は発表前に目ぼしい物件を探しだし、仮契約を結んでしまうということだった。

自分の要領の悪さには、あきれるばかりだった。マヌケとしか言いようがなかった。

――こんなことで、医者になんかなれるのだろうか？　まったく、先が思いやられるよ。

僕はサエない気分のまま、窓から外の景色をぼんやり眺めていた。

ふと前方に目を移した僕は、あれっと思った。

五列ほど前に、一人の外国人男性が座っていた。そのポヤポヤした栗色の髪の毛は、たしかに見覚えがあった。何かの拍子に、その外国人が横を向いた。

――ラッセルさんだ！

その横顔も、神経質そうなしぐさも、まちがいなくラッセルさんだった。

どうしようか、と僕は思った。今ごろのこのこと挨拶《あいさつ》に現れるのは、あまりにも虫がいいような気がしたのだ。ラッセルさんが必要としてくれたとき、僕はずっと、こもりっぱなしだったのだから……。さんざん迷ったあげく、僕は思いきって席を立ち、前方へ歩いていった。

やはり、ラッセルさんだった。ラッセルさんは熱心に本を読んでいた。

「ラッセルさん」

僕は声をかけた。

ラッセルさんは顔を上げ、青い目を大きく開いて僕を見た。そして、にっこりと笑った。

「Oh, カワフーチサン！　ゲンキーデスカー？」

「元気です、こんにちは」

僕はラッセルさんにおじぎした。

となりの席には乗客がいたので、僕は立ったままラッセルさんと話した。ラッセルさんは、僕が医者になるため学生に戻ったことを知っていた。

「ラッセルさん、I'm sorry. I…… I just……」

なんと言ってよいかわからず、僕は言葉に詰まった。

「Oh, don't worry, カワフーチサン。You have a bright future.」

「Thank you…… Thank you very much, ラッセルさん」

それしか言葉が出てこなかった。

「ドウイターシマーシテ」

ラッセルさんはそう言うと、大きな声で笑った。

「日本での成功を祈っています」と言って、僕は自分の席に戻った。

ラッセルさんは、名古屋駅で新幹線を降りた。

僕はもう一度、ラッセルさんにおじぎした。ラッセルさんは手を上げて応えてくれた。


春の観光シーズンを迎え、京都駅はたくさんの人でごったがえしていた。

僕は駅前のターミナルで２０５番のバスに乗り、北へと向かった。北大路通にある親切な不動産屋が、「いくつかキャンセル物件が出たから、もう一度見にこないか」と、電話をくれたのだ。

バスは繁華街を抜け、市役所を通りすぎ、河原町通をひたすら北上していった。

僕はつり革につかまり、窓から外の景色を眺めていた。バスが葵橋《あおいばし》にさしかかると、北のほうからまっすぐ流れてくる賀茂川の姿が、目の前にパッと広がった。

その情景があまりに美しく、また気持ちよさそうだったので、思わず降車ボタンを押してバスを降りた。僕は橋の脇にある階段を下りていき、河辺に立った。

川は朝日を反射してきらきら輝き、河辺の桜並木はすでに三分咲きだった。ここ京都でも、今年は春の訪れが早いようである。

河辺のそこかしこに、犬を連れて散歩したり、ジョギングを楽しんだりする人々の姿があり、ベンチには学生のカップルが座っていた。向こう側の河辺では、フリューゲル・ホーンを手にした若者が、チャック・マンジョーネの『フィール・ソー・グッド』を練習していた。皆、笑顔で、新しく訪れた春を歓迎していた。

初老の男性が岸に立って餌をまくと、川の中央で羽を休めていたユリカモメの群れがいっせいに飛び立ち、餌を求めて集まってきた。

しかし鳩とはちがって、ユリカモメは必要以上に男性に近寄ってこなかった。目の脇に愛らしい斑点をつけたユリカモメは、見た目とは異なり、とても警戒心が強いようだ。

僕はしばらく河辺にたたずみ、賀茂川ののどかな風景を見渡していたが、やがて上流へ向かって歩きはじめた。

三月とは思えぬ陽気のなか、僕は上着を脱ぎ、春の風を感じながらゆっくり歩いた。

ユリカモメと桜の花を交互に眺めているうちに、自分がここにこうしていることが、なんだかとても不思議に思えてきた。そして僕は、今あらためて、自分の二十代が終わったことを実感するのだった。

――僕の二十代は、いったいなんだったのだろう？

この十年、さまざまな出会いと別れがあり、多くのものを得て、そして、多くのものを失った。大人になりきれなかった自分は、たくさんの人々の協力のおかげで学生に戻ることができたが、まだ医者になれると決まったわけではない。

道は遠いかもしれない。けれども、僕は今たしかに、新たな目標へ向かって踏み出そうとしている。明日からまた、新しい生活が始まるのだ。

「十年たって、また振り出しに戻るか……。われながら手のかかるヤツよ」

笑いながらそうつぶやき、僕は早春の賀茂川べりを歩いていった。

この作品は二〇〇五年一月講談社より刊行された『セブンソングズ
フリーター医師の青春七転八倒記』を改題したものです。

幻冬舎文庫

●好評既刊
研修医純情物語
先生と呼ばないで
川渕圭一

夜な夜なナースの回診に出かけ、高額時給のバイトに勤しむ研修医。パチプロと引きこもりを経て、37歳で研修医になった僕が出会ったおかしな奴ら。実体験を基に綴った医療エンターテインメント。

●好評既刊
ふり返るな　ドクター
研修医純情物語
川渕圭一

一患者たった1分の教授回診、患者に聴診器すら当てぬ医師。脱サラし37歳で医者になった佑太は、大学病院の現状に驚く。そんなある日、教授が医療過誤を起こし……。リアルで痛快な医療小説。

●好評既刊
吾郎とゴロー　研修医純情物語
川渕圭一

ボロボロの分院に配属され、不満だらけの研修医・吾郎。ある日、ゴローという名の、口の悪い患者と出会う。エリート研修医と訳あり患者とのひと夏の友情を描いた「研修医シリーズ」最新作。

●好評既刊
聖なる怪物たち
河原れん

飛びこみ出産の身元不明の妊婦が急死。それにかかわった「聖職者」たちは、小さな嘘を重ねるうちに、人生が狂っていく……。妊婦は何者なのか？　新生児は誰の子か？　傑作医療ミステリ。

●好評既刊
もう、怒らない
小池龍之介

怒ると心は乱れ、能力は曇り、体内を有害物質がかけめぐり、それが他人にも伝染する。あらゆる不幸の元凶である「怒り」を、どうしたら手放せるのか？　ブッダの教えに学ぶ、心の浄化法。

幻冬舎文庫

●好評既刊
隅田川のエジソン
坂口恭平

隅田川の河川敷で暮らす硯木正一は、ホームレスとはいえ、家あり、三食、酒、タバコつきの優雅な生活を送る。実在の人物をモデルに描く、自らの知恵と体を存分に使って生きる男の物語。

●好評既刊
組織犯罪対策課　八神瑛子
深町秋生

上野署組織犯罪対策課の八神瑛子は誰もが認める美貌を持つが、容姿から想像できない苛烈な捜査で数々の犯人を挙げてきた。危険な女刑事が躍動する、まったく新しい警察小説シリーズ誕生！

●好評既刊
アウトクラッシュ　組織犯罪対策課　八神瑛子Ⅱ
深町秋生

上野署の八神瑛子にある男を守ってくれという依頼が入る。男を追うのは世界中の要人を葬ってきた暗殺者。危険な刺客と瑛子はたった一人で闘いを始める……。炎熱の警察小説シリーズ第二弾。

●好評既刊
自由な人生のために20代でやっておくべきこと［キャリア編］
本田直之

好きなことが仕事になり、景気にも左右されず定年もない。そんな人生を実現するために、20代でどう働き、どう勉強するか。これまでの成功体験が通用しなくなった時代の、新しい働き方の教科書。

●好評既刊
前田建設ファンタジー営業部1　「マジンガーZ」地下格納庫編
前田建設工業株式会社

アニメに描かれた科学は今や空想ではない！　本物の大手ゼネコンが真剣に取り組みました。予算72億円、工期6年5ヵ月（ただし機械獣の襲撃期間を除く）で引き受けます!!

ボクが医者《いしゃ》になるなんて

川渕圭一《かわふちけいいち》

平成24年4月5日　初版発行
平成24年4月20日　2版発行

発行人——石原正康
編集人——永島賞二
発行所——株式会社幻冬舎
〒151-0051東京都渋谷区千駄ヶ谷4-9-7
電話　03(5411)6222(営業)
　　　03(5411)6211(編集)
振替00120-8-767643
印刷・製本—中央精版印刷株式会社
装丁者——高橋雅之

幻冬舎文庫

ISBN978-4-344-41858-5　C0193　か-35-4